謎の村上春樹

助川幸逸郎＝著

プレジデント社

謎の村上春樹

目次

第一章——

なぜ村上春樹の本は、好きでもないのについ買ってしまうのか？

どういうわけか結末までつれていかれる

村上春樹は、私にとって長らく、

「好きとはいえないが、新刊が出たらかならず読んでしまう不思議な作家」でした。

春樹の小説は、とびきりの名文で書かれているわけではありません。語られている思想に深遠な感じがとぼしいうえ、ストーリー展開にもどこかで見たような印象がつきまといます。

私は勤勉な人間ではありませんから、そういう作品はふつう、最後まで読みとおすことができません。にもかかわらず春樹の小説には、いつのまにか結末までつれていかれてしまいます。

われながらそれが謎だったので、最近、村上春樹の著作をまとめて読みかえしてみました。『1Q84』には抵抗を感じる箇所もありましたが、そのほかはどの文章からも感銘を受けました。

これまで読み流してきた細部の、強いリアリティに気づかされたのは、一度や二度ではありません。とりわけ、『ねじまき鳥クロニクル』で間宮中尉が体験する「古井戸の底の、一日十数秒だけの至福の時」のイメージは、鮮烈でした。

春樹の小説は、ほかの文学作品とはまったくちがう読みかたをしなければ、価値がわからない部分があります(それがどこなのかは、この本のなかで追い追いあきらかにしていきます)。これまでの私は、そこのところに、おそらく気がついていなかったのです。

「村上春樹になりたい人」にはなってはいけない?

それでも微妙に、

「村上春樹はすごい小説家だ!」

と公言するのをためらう気持ちが私にはあります。それによって、いまや世界的な名声を得ている村上春樹とその作品に自らを投影し、現実世界や責任に背を向ける中高年ハルキストを、増長させる気がするからです。どうしてそんなふうに思うのか？　少し説明することにします。

昔のスポーツ中継の動画を見ていると、三〇歳以上の「ベテラン選手」の顔だちが、一九八〇年代前半から急に子供っぽくなっていることに気づきます。日本社会はその時期に、「大人にならないほうがトクする時代」

に突入したのです。

六〇年代に大人に反抗していた若者は、このころ四〇歳前後になろうとしていました。自分たちが矛先を向けていた「社会を運営する立場」を、いやおうなく引き受けさせられる年齢です。本来彼らは、おおいに悩むはずでした。

ところが、この時期に、バブルの好景気がはじまりました。慎重だったり真剣だったりするのは「かっこ悪い」とされ、ノリで行動することが称賛される世の中がやってきたのです（昭和四〇年代に流行した「スポーツ根性もの」のアニメやドラマ――『巨人の星』や『サインはV』など――は、八〇年代のテレビ番組で「笑いをとるネタ」にされていました）。

責任をともなうはずの地位を得た、かつての「反抗する若者」は、こうした風潮のおかげで、責任を問われずにすみました。バブルの時代には、責任をとろうとする姿勢そのものが、深刻すぎてさえないように見えたのです。

「持たざるもの」のメンタリティを持ったまま、「持てるもの」になる――そんなムシのいい境遇を手にしたのは、六〇年代に若者だった人びとだけではありません。「持てるもの」になっても、それにともなう責任を感じない傾向は、いまの四〇代――バブル期に青春をおくった世代――にまで共有されています。

「反抗する若者」だったころの自己イメージを、いつまでも更新できずにいるオジさん、オバさんを、ある文芸評論家が「ヨサク」と呼んだことがあります(「ヨサク」という名称は、七〇年代末のヒット曲・北島三郎の『与作』と、「サヨク」を掛けてつくられた造語です)。いくつになっても、無垢で無力な若者として自分をイメージしているという意味でなら、現在六〇代から四〇代にかけての人びとは、大半が「ヨサク」です。

いつまでも「持たざる者」気分が抜けない「僕」たち

堀井憲一郎に『若者殺しの時代』という著作があります。

バブルが崩壊し、社会にゆとりがなくなっても、若者意識がぬけない「ヨサク」たちは、

「自分の取りぶんを減らしても、下の世代にむくいる」という「大人の発想」をしませんでした。そのしわよせで、若者にわりあてられる権利や富は、どんどん少なくなっています。

中高年は既得権益にしがみつき、そのゆがみは若者におしつけられる——堀井の著作は、こうした日本社会の現状に警鐘を鳴らすものです。

「ヨサク」のもたらす「弊害」は、それだけにとどまりません。

あと数年のうちに、「本物の世紀末」がやってきて、世界は混乱にまきこまれると、多くの人が予測しています（この点については、この本の最終章でくわしくのべるつもりです）。これに対応するために、日本社会も大規模な変革を必要としています。にもかかわらず、「ヨサク」たちには、本気で変わろうとする意志がありません。現在「持てるもの」の側にまわっているオジさん、オバさんは、状況が一新され、既得権益を失くすのがこわいのです。

そして、「ヨサク」の困った生き方に、うってつけの「いいわけ」を提供したのが、村上春樹の「僕」でした。

春樹の小説に登場する「僕」は、同世代の人間が繰り広げていた学生運動にも、八〇年代の消費社会にも、おなじようにシニカルなまなざしを向けています。

「世のなかのメインストリームに流されていったら、『システム』にからめとられるのは避けられない。かといって、『システム』と正面から戦ってもかならず敗ける。われわれには、心に壁をつくり、『システム』に内面をゆずりわたさないようにすることしかできない。だから、春樹の『僕』のように、自分の殻に閉じこもるとしよう……」

こんな思考回路をたどることで、「システム」に加担して「持てるもの」となることと、無垢な「持たざるもの」のつもりでいることを、「ヨサク」は両立させました。「持てるもの」としての責任をとらない姿勢も、

「責任などというものは『システム』の中枢にいる人間に求めるべきものだ。私は心ならずもシステムに組みこまれているだけだから、そんなものをとらされるいわれはない」

という理屈を持ちだし、正当化してしまいました。

春樹当人に罪はないにせよ、「やれやれ」という「僕」のつぶやきが、矛盾をかかえた「ヨサク」を安眠させる子守唄の役目をはたしたのです。

私自身は、一九六七年生まれ、バブル世代の中核にいます。そうした自分に対するいましめもかねて、

「『ヨサク』は春樹小説のなかで反システムの側にいる『僕』のつもりでいてはいけない」

と、訴える必要を感じたのです。

春樹は「ヨサク」の主流ではない

そもそも、春樹の「僕」は、「ヨサク」の仲間なのでしょうか？「ヨサク」たちの「無責任」を免罪するために、春樹は甘美な子守唄をつむいだのでしょうか？

六〇年代に学生運動をして、政治的前衛意識を持っていた人びとは、七〇年代になると、多くが「文化的前衛」に転身しました。政治における挫折を、音楽や文学のなかで解消しようとしたわけです。この種の「文化的前衛」は、世界じゅうにあらわれました。日本では、作曲家の坂本龍一や、作家の高橋源一郎がその代表です。

七〇年代から八〇年代にかけて、「ヨサク」の主流派は、「文化的前衛」を熱心に支持していました。わかりもしないフランス現代思想の本を小脇にかかえ、池袋のセゾン美術館（一九九九年に閉館）で現代美術を鑑賞する——そうしたふるまいが、この時代にはこのうえなく「かっこいい」と見なされていました。

坂本龍一は、いまでは「反原発を唱えるおじさん」というイメージが定着しています。しかし八〇年代には、「むずかしい理論で武装して、ポピュラーとクラシックの枠を越えて活躍する前衛ミュージシャン」でした。大島渚の『戦場のメリークリスマス』や、ベルナルド・ベルトルッチの『ラストエンペラー』では、BGMを担当するだけでなく、俳優として出演もしています。八〇年代の坂本は、たんなる音楽家にとどまらない「マルチ・アーティスト」だったのです。

高橋源一郎も、アメリカの前衛小説を翻訳するなど、現代文学の最先端を走りながら、ブランドものの服に身をつつんで競馬を語っていました。この二人は、それまでの文化人のイメージでは量れない「新時代のカリスマ」であり、「ヨサク」たちのあこがれの的でした。

日本では前例のないタイプの作家だった春樹も、八〇年代には、こうした「文化的前衛」のひとりにかぞえられていました。けれども春樹は、「文化的前衛」にまったく共感していません。たとえば、二〇〇四年におこなわれたインタビューで、ブルース・スプリングスティーンとレイモンド・カーヴァーについて、彼はこんなふうに語っています。

「……そのフォームには、一見して前衛性や実験性のようなものは感じられない。だから、スプリングスティーンもカーヴァーも、多くの知的エリートからは、『おまえら何も新しいことしていない。体制的だ』と教条的な批判を受けることになります。でもそういう知的エリートって、僕は思うんだけれど、だいたいにおいて富裕なインテリ層出身で、六〇年代に『いいとこどり』みたいなことをしてきたやつが多いんです。(中略)スプリングスティーンもカーヴァーも、その音楽をじっくり聴けば、あるいはその小説をじっくり読めば、決してコンサバじゃないんです。どちらも、保守化したレーガニズムの社会に対する自分たちなりの強固な異議申し立てを行っています。切り捨てられた弱者の痛みをありありと描いています。でもそれらの異議申し立ては、いわゆる六〇年代世代の前衛主義、ラディカリズム、ポストモダニズムとは無縁の場所から発せられています」(『夢を見るために毎朝僕は目覚めるのです　村上春樹インタビュー集　1997―2011』)

ここで語られている二人のうち、とくにレイモンド・カーヴァーには、全作品の翻訳を手がけたほど春樹は入れこんでいます。「六〇年代世代の前衛主義、ラディカリズム、ポストモダニズム」――ようするに「文化的前衛」――への、春樹の違和感は強烈です。

東西冷戦が八〇年代末に終わったあと、武力紛争のない時代がやってくることを、世界の人びとが期待しました。この期待は、たちまち裏切られます。九〇年代の世界では民族間対立や宗教テロが、いたるところでおこりました。その結果、「歴史の進歩」をだれも信じなくなり、「前衛的なもの」は、文化の領域においても魅力を失いました。

「文化的前衛」の影響力も、九五年ぐらいを境に急速に後退します。春樹が国内だけでなく、国際的にも注目されるようになったのも、ちょうどこの時期のことです。

「文化的前衛」が勢いをなくすのと入れかわるように、春樹は「海外でもっとも有名な日本の作家」になったのです。「ヨサク」御用達の文化人たちと、春樹をいっしょにできないのは、あきらかといえます。

「スリップ・ストリーム」の人気作家

一〇年ほどまえから、ミステリーやSFなどのエンタメ領域の作家が、芥川賞や三島賞といった純文学の賞を受ける例が目につきます。円城塔に芥川賞が与えられたり、舞城王太郎が三島賞にえらばれたりしたのがその例です。

純文学であつかうようなシリアスなテーマを、SFなどのエンタメ小説の枠組のなかで展開させる――そうした作品は、アメリカでは「スリップ・ストリーム」と呼ばれています。六〇年代の、カート・ヴォネガットやフィリップ・K・ディックの小説をさきがけとし、J・G・バラード、ポール・オースターなどがそのおもな書き手です。

円城や舞城が、純文学の世界でみとめられたことは、「スリップ・ストリーム」が、日本でもジャンルとして確立されたことを意味します。そして春樹は、「スリップ・ストリーム」を代表する作家のひとりとして、アメリカで評価されています。

「スリップ・ストリーム」の影響を受け、純文学小説をポップカルチャーで味つけすることは、高橋源一郎などもおこなっていました。それらの試みはしかし、登場人物がアニメのキャラクターだったり、実在の野球選手だったりするだけで、中身はバリバリの前衛小説でした。

春樹のデビュー作『風の歌を聴け』は、短い断章のつみかさねによって書かれています。こうした構成のしかたを、春樹はカート・ヴォネガットに学んだといわれています。作中に登場する架空の小説家デレク・ハートフィールドは、R・E・ハワードやH・P・ラヴクラフトといった、一九二〇年代から三〇年代に活躍した怪奇作家をモデルにしています。第二章でくわしく触れますが、ハートフィールドの原型となったこれらの作家たちは、日本の「おたく文化」に大きな影響をおよぼしています。

純文学に属さない小説とのつながりの深さでは、高橋源一郎と春樹では比較になりません。円城や舞城に先んじて、八〇年代の日本で本格的な「スリップ・ストリーム」を書いていたのは、春樹だけなのです。円城や舞城は、バブル崩壊後に成人となり、社会に出た世代です。彼らにつらなる作家、という点を見ても、「『ヨサク』の守護神」という側面だけから、春樹を語れないことがわかります。

春樹を解きはなつために

「文化的前衛」の作家や批評家たちの一部は、春樹と自分たちのちがいに気づいていました。だからこそ、自分たちの立場をはっきりさせるための仮想敵として、不当なほど強く春樹をバッシングしました。

ミーハーな「ヨサク」であり、「文化的前衛」を支持していたかつての私は、その種の「春樹バッシング」を真に受けていました。「ヨサク」のくせに、春樹の「僕」になったつもりにならなかったのは、春樹作品をいろどる「かっこいいサブカルチャー」と、縁遠い青春をおくったからです。「春樹バッシング」に共鳴したのも、「僕」にジェラシーをおぼえていたせいかもしれません。

冒頭にも書いたとおり、本書を書きはじめるにあたり、私は春樹の作品を大量に読みかえしました。その過程で、春樹が凄まじい筆力を持っていることにくわえ、「ヨサク」世代より若い書き手につうじる面を、いろいろ備えていることに気づきました。

村上春樹は、「ヨサク」の「自分語り」のダシにばかりつかわれていていい作家ではありません。

現代という「若者殺しの時代」を変えていくことは、私ひとりの力にはあまります。けれども、春樹の語られかたの風通しを、少しぐらいよくすることならできるかもしれません。さらに、その作業をつうじて、日本社会のさまざまな問題点をあぶりだすことができたなら――そんな願いをこめて、私は本書の筆を執りました。最後まで、おつきあいいただければ幸いです。

《この章を理解するための年表》

一九六八年	村上春樹、早稲田大学に入学
一九七三年	オイルショック
一九七九年	村上春樹、『風の歌を聴け』で群像文学新人賞受賞
一九八三年	このころからバブル経済が始まる
一九八九年	東西冷戦終結
一九九二年	バブル経済完全崩壊
一九九五年	阪神淡路大震災　オウム真理教事件
二〇〇三年	舞城王太郎、三島由紀夫賞受賞
二〇一一年	円城塔、芥川龍之介賞受賞

第二章——

なぜ『1Q84』には黒髪ロングヘア・スレンダー巨乳美少女が登場するのか？

一九八七年の多重失恋

村上春樹『ノルウェイの森』が発売された一九八七年秋、私は、主人公のワタナベトオル君がかよっていた大学の二年生でした。

まもなくハタチになろうというのに、生まれてこのかた、彼女らしきものはいたためしがありませんでした。その年も、二回告白してふられていました。

二度目にふられた直後、私はひとりで、デートコースに予定していた善福寺公園に出かけました。ボートを漕いで池のまん中までいき、舟底にうつぶせになって不幸をなげいていたら、いつのまにかボートは岸にうちあげられました。顔をあげると、目のまえのベンチに、大学生らしいカップルが座っています。あのときの、いたたまれない気持ちは忘れられません。

そんな私にとって、直子や緑のような美少女に、向こうから寄ってきてもらえるワタナべくんは、妬ましくてたまらない存在でした。

「おなじ大学にかよっていて、歳もおなじなのに、俺とワタナべの差はどこにある……」

そんなことを考えて鬱々としていたときのこと。書店でふと手にとった雑誌に、「直子の散歩に毎週つきあい、緑に請われたら、何もしないで一緒にいてあげるワタナべはとてつもなく優しい」という主旨の書評が載っていました。

「これだけ役得をしてるのに、優しいとかいわれてるワタナべは、断固許せん！」

——ワタナべ君に対する嫉妬のあまり、まだ購入もしていないその雑誌を、私は破り捨てそうになりました。

八〇年代における春樹のイメージとその変貌

冷静に考えれば、喫茶店でオムレツを食べているだけで可愛い女の子と友達になる、などという事態は、フィクションのなかだけの絵空事です。にもかかわらず、まるで実在の人間に対するごとく、私がワタナべ君へのジェラシーに身をこがしたことには、理由があります。

○『ノルウェイの森』以前の村上春樹の小説は、いつも主人公が「僕」という一人称で語るスタイルで書かれていた。そしてその「僕」は、作者と年齢や境遇にかさなる部分が多かった(『ノルウェイの森』も、ワタナベ君が「僕」という一人称をつかって物語を進行させている)。

○春樹の小説に登場する「僕」には、日本の純文学小説にはめずらしく、おしゃれなイメージがあった。

このふたつのせいで、ワタナベ君を、あたかも現実にいる「モテ男」のように感じてしまったのです。

作者を思わせる人物の一人称で進んでいく小説、というのは、日本の純文学小説にはめずらしくありません。しかし、純文学の主人公というのは、境遇にめぐまれず、悶々としているのがふつうです。

ところが春樹作品に出てくる「僕」は、クラシックやJポップよりアメリカのポピュラーミュージックを好み、着ている服はきれいめのアメリカン・トラッドです。飲む酒といえば輸入ビールやカクテル、バーボン、まちがっても安焼酎なんか手に取りません。

一九八〇年代の日本は、高度経済成長は終わったものの、製造業ではアメリカをぬいて世界一になろうとしていました。経済的繁栄に支えられ、輸入もののぜいたく品を、一般庶民までが消費するようになっていました。

そうした風潮のなか、春樹の「僕」は、「舶来の文物」をかっこよく消費するお手本のように見られていました。

「日本にも、こんなに洗練された消費文化の担い手があらわれた！」

そんな言いかたで、春樹の「僕」が称賛されることもしばしばでした。その「僕」にかさなるところのある春樹自身も、ハイセンスな「ポップカルチャーの教祖」としてあつかわれていました。

そうした春樹のイメージは、九〇年代に入ると崩れます。決定的な転機になったのは、阪神大震災と地下鉄サリン事件が起きた直後です。春樹は神戸の復興支援のための朗読ライブをおこない、地下鉄サリン事件に取材したドキュメンタリーを著わしました。そんな彼の姿を見て、

「やれやれ、とぼやいていた、あのクールな個人主義者はどこへいったのだ？」

と、目をまるくしたハルキ信者がたくさんいました。

「黒髪ロングヘア、スレンダーなのに巨乳」というおたく妄想直球キャラ

時期をおなじくして、春樹の小説世界にも変化がおこりました。

一九九五年に完結した『ねじまき鳥クロニクル』は、ソ連兵による殺人場面の残酷な描写で論議を呼びました。二〇〇二年の『海辺のカフカ』には、カーネル・サンダーズと名のるオヤジギャグ連発のポン引きと、哲学を語りながらサービスする女子大生風俗嬢が登場します。春樹が描く性と暴力は、過激であったり俗悪だったり、洗練から遠いものになったのです。

そして、『1Q84』には、「ふかえり」という一七歳の美少女が登場します。「不思議なしゃべりかたをする黒髪ロングヘア、スレンダーなのに巨乳」という彼女の属性は、おたくの妄想直球ストライクです。このふかえりと、主人公である天吾のセックスシーンは、イギリスで二〇一一年の「バッドセックス賞」にノミネートされました。

おたく文化圏を足場に名声を築いた人が、いつのまにか、おたくと無縁なセレブのような顔をしはじめることはめずらしくありません。春樹のケースは、「新時代のポップカル

チャーの旗手」から「おたく」へと、逆コースをたどった稀なケースに見えます。

しかしほんとうに、春樹は「変わった」のでしょうか？

春樹のデビュー作『風の歌を聴け』は、二九歳の「僕」が、

「書くことについて、すべて彼から学んだ」

という、デレク・ハートフィールドについて語るところからはじまります。末尾もハートフィールドのことばでしめくくられ、作者がハートフィールドの墓参りをした様子をのべた「あとがき」も置かれています。

本書の第一章でも触れたとおり、ハートフィールドは、R・E・ハワードやH・P・ラヴクラフトをモデルにした架空の作家です。

ハワードやラヴクラフトが作品をよせていた『ウィアード・テールズ』は、一九二〇年代から五〇年代にかけて発刊されていた怪奇小説の雑誌です。この雑誌を拠点にしていた作家たちは、七〇年代初頭に、日本でも急速に受け入れられはじめました。その担い手となったのは、創世期のおたく文化を支えた人びとです。

なかでも、「クトゥルー神話」とよばれる一連の作品群をつくりあげたラヴクラフトは、日本のおたく文化のルーツともいえる存在です。「クトゥルー神話」は現在でも、数々のライトノベルやゲームの「元ネタ」にされつづけています。

『風の歌を聴け』のおもな部分で活躍するのは、二一歳当時の「僕」です。この「二一歳の僕」は、アメリカン・トラディショナルの服をスマートに着こなす「モテ男」のように描かれています。しかし、そんな「二一歳の僕」を語る「二九歳の僕」は、「おたくのルーツ」をモデルにした作家に「書くことを学んだ」といっているのです。『風の歌を聴け』を書いたころの村上春樹は二九歳、二人の「僕」のうち作者その人に近いのは、あきらかに「二九歳の僕」です。書き手としての春樹は、デビュー当初から「おたく」サイドの人間だったのです。八〇年代の読者の大半は、私自身もふくめ、「二一歳の僕」を春樹その人と錯覚していたことになります。

「リア充」という妄想を小説化?

春樹が青春をおくった六〇年代は、ロックンロールに代表される「対抗文化」の全盛期でした。逆にいうと、その時代にはまだ、若者たちが対抗するに価する「エリート」が身につけるべき文化=教養」が生きていました。トルストイを読み、バッハを聴いていたりすると、「教養人」として尊敬を受けたのです。エリートを気どりたい人間は、背伸びをして、そういう文化に触れようとつとめていました。

七〇年代に入ると、前衛的な政治運動が挫折し、「対抗文化」も変質していきます。「むずかしいことはいわないで、恋愛をして消費をしましょう」というのが、「時代の空気」になったのです。こうしていかに「消費」するかが社会的ステイタスとむすびつくようになると、「教養」も価値を失いはじめました。この傾向がピークに達したのが、バブル経済の時代です。

そうしたなか、

「『政治的前衛性』とも『エリートとしての成功』にも無関係で、なおかつ消費文化にも背をむけている層」

がつくりあげていったのが、「おたく」文化でした。

このように考えると、春樹は「おたく」そのものであることがわかります。第一章でものべましたが、「前衛」や「エリーティズム」を激しく嫌ういっぽう、『ダンス・ダンス・ダンス』などで、消費文化に対する強烈な呪詛を語ってもいます。

春樹が最初から「おたく」だったと考えるなら、マイペースな個人主義者だったはずなのに、震災復興朗読会をやったりしたことも簡単に理解できます。ふだんは好きなことにひとりで没頭しているくせに、イベントとなると妙にアクティブなのが、「おたく」の特性だからです。たとえば、コミケの賑わいを見れば、そのことは疑えないはずです。

それではなぜ、デビュー当初の春樹は、

「おたくの語り手が、『モテ男』ふうの過去の自分を語る」

などという、メンドウな構図を必要としたのでしょうか?

おそらく、七〇年代の終わりや八〇年代の初めに、『1Q84』のようなおたく趣味全開の作品を書いても、一部にしか受け入れられなかったはずです。消費文化が主流となりつつあった当時の日本では、「おたく」は、現在とはくらべものにならないほどマイナーな存在でした。

デビュー当初の春樹は、世に受け入れられるため、リアルの世界でこんなふうにふるまったらカッコよく見えるだろう、という「シミュレーション」を小説に取り入れたのです。可愛い女の子が、向こうから主人公の側に寄ってくるのは、男の子の妄想充足型マンガによくあるパターンです。春樹のリサーチ力と想像力が卓越していたため、多くの読者や評論家が、「精巧なリア充妄想」を、「作者の実体験の投影」と錯覚したわけです。

『ノルウェイの森』に本気で腹を立てていたハタチの私は、「非モテ」だっただけでなく、小説の読み手としても失格だったことになります。ただし、先程のべたとおり、純文学小説のなかで「モテ男」を動かすというだけでも、八〇年代の春樹作品は画期的でした。まして、

「『モテ男』のうしろに『おたく』の作者がいる」

などという込みいったカラクリは、当時の読者には想像もできないことでした。

「おたく」だから成功する時代

ちなみに、かつては「おたく」というと、

「好きなことは一生懸命やるが、コミュニケーション能力に欠ける」

というイメージがありました。けれども、すでに触れたとおり、自主製作映画を撮ったり、同人誌をつくったりといったイベントになると、「おたく」は意外なほど対人スキルを発揮します。

とりわけここ数年、「交渉エリート」が「おたく」のなかに増えているようです。演劇、ドラマCD、パロディ動画といった、自分たちが手がけた「二次創作コンテンツ」を、彼らはさまざまなかたちで流通させています。そうした活動によって、おどろくほどの収益をあげている「おたく」も稀ではありません。

今世紀に入ってから、ニコニコ動画やSNSなどの「非マスメディア型コミュニケーション」が急速に発達しました。マスメディアとは次元をことにする、自主的な催しが得意だった「おたく」は、あたらしい情報環境のなかで、「水を得た魚」になっているのです。

春樹は、テレビやラジオなどの放送系メディアには、絶対といえるほど顔を出しません。そのくせ、『海辺のカフカ』発売時には、特設ウェブサイトを開いていました。そのサイトでは、読者からの質問メイルにも、ずいぶんマメに答えていました。

私のまわりを見ると、春樹とおなじか、それよりうえの世代の人は、放送系メディアの意味を極端なほど重く見ます。その度合は、私ぐらいの年齢層とくらべても段ちがいです。テレビに出ないで、ウェブにはかかわる春樹は、メディア感覚がかなり若いといえます。その「若さ」の秘密は、本質が「おたく」というところにもあるのでは――そんなふうに、私は考えています。

《この章を理解するための年表》

一九六八年	村上春樹、早稲田大学に入学
一九七二年	「SFマガジン」九月臨時増刊号が「クトゥルー神話」特集を組む
	創土社から、日本で最初のラヴクラフト作品集『暗黒の秘儀』刊行
一九七三年	オイルショック
一九七五年	第一回コミックマーケット（コミケ）開催
一九七九年	村上春樹、『風の歌を聴け』で群像文学新人賞受賞
一九八三年	このころからバブル経済が始まる
一九八七年	村上春樹、『ノルウェイの森』刊行　ミリオンセラーに
一九九五年	阪神淡路大震災　オウム真理教事件
	村上春樹、『ねじまき鳥クロニクル』で読売文学賞受賞
	ウィンドウズ95発売
二〇〇二年	村上春樹、『海辺のカフカ』刊行
二〇〇九年	村上春樹、『1Q84』第一部・第二部刊行
二〇一〇年	村上春樹、『1Q84』第三部刊行

第三章——村上春樹はアルマーニの服を実際に着たことがあるのか？

スーツと靴のブランドだけで経歴をあてられる

学生のころから、私は履歴書を書くのが苦手でした。

とくに困るのが、「趣味・特技」の欄に何を書いたらいいかわからないことです。

「好きなこと」といったら、文章を書いたり映画を観たりになりますが、さいわいなことに、これらはいまでは「仕事」になっています。

もっと困るのが「特技」のほうです。私は、小学生のときに父親から手相占いの手ほどきを受け、いまではキャリア三十五年です。しかし、

「特技＝占い。とくに手相」

などと履歴書に書いたら、「あやしいヤツ」と思われるだけです。

手先も不器用ですし、運動もからきしだめなので、ほかに「特技」といえるようなものはありません。無理にさがすなら、

「まだお目にかかったことのない男性が身につけているスーツと靴のブランドを、経歴を聞いただけであてること」

でしょうか。

たとえば、私より五歳年長で、学校は中学から大学まで慶應、現在は大手広告代理店の営業畑の幹部、という男性がいたとします。こういう人はたいてい、アメリカン・トラッドのブランドが御用達です。

先にも触れたとおり、八〇年代には、アメリカの製造業が凋落したのに対し、日本はバブルの好景気を迎え、日米貿易摩擦がおこりました。

そうしたなか、アメリカのクルマやファッションは、日本人にとって輝きを失います。七〇年代までは、キャデラックやリンカーンに乗る「お金持ち」はめずらしくなかったのに、八〇年代に入ると、

「成功者のクルマ＝メルセデス・ベンツかＢＭＷ」

という図式が定着します。一九七六年から八五年のあいだに、日本の輸入車の総量は二〇％伸びたにもかかわらず、アメリカ車の輸入台数は八分の一に落ちこみました。

ファッションでも、アメリカン・トラッドは表舞台からしりぞき、日本のDCブランドや、アルマーニなどのイタリア・ブランドがメジャー化します。このため、私と同世代か、少し年上の男性のなかには、

「八〇年代半ばを過ぎて、大学生や社会人になってからファッションにめざめたニワカではない」

ということをアピールするため、あえてアメリカン・トラッドにこだわりつづける人たちがいます。そういう「服飾エリート」は、東京でいえば、麻布とか慶應だとかの高校を出ていることが多いのです(阪神圏だと甲南あたりでしょうか)。

反対に、イタリアもののスーツと靴できめている「いかにも」という感じの「いい男」は、大学はブランド大学でも、高校は地味な公立校の出身だったりします。

ちなみに私は、ハタチをすぎて服飾デビューした「真性ニワカ」です。少数派である「英国調オーダーメイド」の世界に逃げこんで、ニワカがばれないよう、カモフラージュにつとめています。

ブランドイメージにとことんこだわる

日本の消費社会化がピークに向かいつつあったころ、春樹は『世界の終りとハードボイルド・ワンダーランド』を書き進めていました。『世界の終りと……』は、一九八五年に刊行され、春樹に谷崎賞をもたらしました。

『世界の終りと……』は、ブランドイメージという観点から見ると、春樹にとって二重の意味で画期的な作品でした。

ひとつは、春樹が初めて新潮社から出した長編小説だったという点です。『群像』という、講談社が発行する雑誌でデビューした春樹は、初期三部作（『風の歌を聴け』『1973年のピンボール』『羊をめぐる冒険』）も講談社から出版しました。それが、『世界の終りと……』のあと、春樹は長編小説の刊行元を、意図的に使い分けるようになります。

○ 新潮社から刊行された『世界の終りとハードボイルド・ワンダーランド』以後の長編

『ねじまき鳥クロニクル』（一九九四年〜一九九五年）

『海辺のカフカ』（二〇〇二年）

『1Q84』(二〇〇九年～二〇一〇年)

○ 講談社から刊行された『世界の終りとハードボイルド・ワンダーランド』以後の長編

『ノルウェイの森』(一九八七年)
『ダンス・ダンス・ダンス』(一九八八年)
『国境の南、太陽の西』(一九九二年)
『スプートニクの恋人』(一九九九年)
『アフターダーク』(二〇〇四年)

初期三部作の続編である『ダンス・ダンス・ダンス』をのぞき、「作家として勝負をかける大長編」は新潮社、「比較的規模の小さい実験作」は講談社、という傾向は、はっきりしています。第二章でのべたように、春樹は音楽や衣服のブランドイメージに関し、卓越したリサーチ能力を持っています。出版社に関しても、文芸書の老舗は新潮社、という意識を抱いていると思われます。古くは三島由紀夫が、おなじような出版社の使い分けをしていました。

『ノルウェイの森』は、春樹の作品のなかでも最大のベストセラーです。にもかかわらず、

春樹はあちこちで、

「自分の本領を発揮した作品ではない」

という主旨の発言をしています。

「もともとは、さらりとして短いものを書きたかった」

ともいっていますから、「講談社実験シリーズ」にふさわしい地味めの一作が、予定していたより長くなり、思ってもみないほど売れてしまったということなのでしょう。

最新作の『色彩を持たない多崎つくると、彼の巡礼の年』は、版元は文藝春秋ですが、比較的小規模である点から見ても、講談社から出た作品に近いといえます。『ノルウェイの森』以来のリアリズム小説」と、春樹自身が語っているのも、そのことをうかがわせます。

『世界の終りと……』が画期的だったもうひとつの点は、谷崎賞を取ったことで、芥川賞を受ける資格を事実上、春樹が失ったことです。

芥川賞は、デビュー一〇年未満ぐらいの新人作家を対象にしています。いっぽう谷崎賞は、中堅作家の優秀な作品に与えられる賞です。これを取ると、芥川賞の選考委員になる資格を得たことになる、というのが、文学産業内部における暗黙の了解になっています。

ほとんどの作家は、芥川賞を受賞するか、候補にノミネートされてから、十数年を経て谷崎賞にたどりつきます。谷崎賞が、デビューしてたった六年の春樹に与えられたのは、異例の事態でした。そこには文壇のなかの権力争いがからんでいた、という噂もあります。ミリオンセラーを連発し、海外の文学賞をいくつも射とめているのだから、芥川賞を取れなかったことを春樹は気にとめていないだろう――ながらく私も、そう考えていました。

ところが春樹は、『1Q84』に登場する文芸編集者の小松に、天吾とふかえりが合作した『空気さなぎ』について、

「あの本は売れすぎて芥川賞を取れなかった」

という意味のことをいわせています。小松はもともと、『空気さなぎ』で芥川賞を取ることに、強い執念を燃やしていました。

小松の描かれかたは、芥川賞を「卒業」させられて二十年以上を経ても、春樹のなかにわだかまりがのこっていたことを推測させます。考えてもみれば、なにごとにつけブランドイメージにこだわる春樹が、文学賞のブランド力を気にかけないはずがないのです。

賞がだれの手に落ちるかを、一般マスコミが大きくとりあげるのは、国内の文学賞では直木賞と芥川賞だけです。このふたつの賞を取った作品は、売れゆきも一ケタちがいます。文壇的には、芥川賞より谷崎賞のほうが格はうえですが、春樹にしてみれば、谷崎賞とひきかえに芥川賞を失いたくはなかった、といいたいところでしょう。

「ブランド」には強いが「服」には弱い？

ところで、『世界の終りと……』のなかで、主人公はブルックス・ブラザーズやポール・スチュアートといった、アメリカン・トラッドの服を着ています。この小説を書いていた時点では、アメリカアイテムの凋落に、春樹は気づいていなかったことがうかがえます。

一九八八年刊行の『ダンス・ダンス・ダンス』は、一九八三年を舞台にしています。「高度資本主義」ということばが、キーワードのようにあらわれるこの作品には、バブル経済に浮かれる世相への批判がくりかえし語られます。作中世界を、出版時点から五年さかのぼらせたのは、バブルを出発点においてとらえようという意志のあらわれといえます。

『ダンス・ダンス・ダンス』には、メンズビギのシャツを着たおしゃれな美容師が登場し、主人公である「僕」は、ガールフレンドからもらったアルマーニのネクタイを締めています。「僕」のかつての同級生で、いまは俳優になっている五反田君の愛車はイタリアの高級車、マセラティです。

『世界の終りと……』を書きあげたあと、一九八〇年に生じた日本社会の変化を、春樹はみごとに掌握したのです。それにしても、ブランドイメージに関する春樹のリテラシーには、感服せざるをえません。九四年刊行の『やがて哀しき外国語』には、ブルックス・ブラザーズをはじめとするアメトラアイテムに「以前ほど魅力を感じなくなってしまった」とはっきり書かれています。

ただし、服好きやクルマ好きが、自分のこだわりを追いかけていくなかで、自然にトレンドをつかまえたというのと、春樹の時代のとらえかたはちがうようです。

『1Q84』で描かれるのも、まさにバブルに向かいはじめた一九八四年の日本です。ヒロインの青豆は、ジュンコ・シマダのスーツとシャルル・ジョルダンのハイヒールを身につけて登場、アルマーニのスーツをまとったDV男に制裁をくわえます。

ジュンコ・シマダもシャルル・ジョルダンもアルマーニも、八四年という時代をありありと呼びおこす名前です。このラインナップは、春樹の「時代考証能力」の高さを、あらためて立証しています。

けれども、ベッドのうえに脱ぎ捨てられているDV男のスーツの上着が、「いかにも高価そうなもの」と形容されているのは気になります。

アルマーニは、ふつうならメンズの高級スーツにはつかわない素材をあえてもちいることで、ほかのどのブランドのスーツともちがうシルエットを生みだしました。ですから、ベッドに放りだされたアルマーニのジャケットを見かけたら、「アルマーニだ！」と思うか、「よくわからない服だなあ」と思うか、どちらかのはずなのです。

春樹は、アルマーニのブランドイメージは熟知していても、アルマーニの服そのものをじっくり見たことは、あまりなかったと思われます。バブルが終わるころまで、服とクルマは、モテるためにはぜったいおろそかにできないアイテムでした。もともと「おたく寄り」だった春樹は、そういう「モテアイテム」と深くかかわるのが、ほんとうは好きではないようです。

「モテアイテム」がつかえなくなるとき

いまどきの若者は、男の子も女の子も、ひと昔まえには考えられないほど、クルマに関心がありません。乗っているのが軽自動車でもマセラティでも、男の子のモテぐあいに、ほとんど差はありません。

ファッションについても似たようなことがいえます。不潔だったりみっともなかったりしなければ、全身ファストファッションでも問題は生じないのです。このことは、男女を問わずあてはまります。反対に、私のように服飾に関心が強すぎると、かえって引かれてしまうこともしばしばです。

春樹の小説の男性主人公が、向こうから美女に寄ってこられるのは、男性の妄想充足型まんがとおなじ構造なのだということを、第二章でのべました。「妄想」をリアルな話だと読者が「誤読」したのは、「モテアイテム」のつかわれかたが絶妙だったからです。

ところがいまや、「モテアイテム」は機能しなくなっています。こうした状況がはじまったのは、おそらく、バブル崩壊後のいきづまりが決定的になった一九九五年前後のことです。そして、二〇〇八年のリーマンショックによって、「モテアイテム」の失効は決定的になりました。

九〇年代後半以降、『1Q84』を書くまでのあいだ、春樹は女性か子供しか長編の主人公にしていません。「モテアイテム」がつかえないとなると、「美女が勝手に主人公の側によってくる話」をリアルに描きにくい——そういう判断から、成人男性を主役にすえるのを避けていたものと思われます。

二〇〇九年に第一部と第二部が刊行された『1Q84』には、天吾という「主要な男性キャラクター」が登場します。彼を動かすにあたり、春樹は「モテアイテム」の使用権を確保しておこうと考えたのではないでしょうか。そんな事情も、一九八四年——「モテアイテム」が生きていた時代——がこの小説の舞台にえらばれたことに関連していると、私は邪推しています。

もっとも、天吾のお相手は、「戦闘美少女」の青豆と、「黒髪ロングヘア&スレンダー巨乳」のふかえりです。おたく御用達の萌えキャラそのもののような二人をまえに、天吾は「モテアイテム」を駆使する余地はありませんでした。

『1Q84』は、これまでの春樹作品とくらべても、きわだってまんがチックだとか、ライトノベルのようだといわれているようです。しかし、もともと「モテアイテム」そのものには関心が薄いはずの春樹にとって、『1Q84』こそ、いちどは書きたかった世界だったのかもしれません。

最新作の『色彩を持たない多崎つくると、彼の巡礼の年』では、主人公の多崎つくるが、どんな服をえらんでいるのか、具体的なブランド名は記されません。母親からブルックス・ブラザーズとポロの服を買い与えられた、という叙述と、恋人の沙羅からイヴ・サンローランのネクタイをもらった、というくだりがあるだけです。二〇一三年の現在、「モテアイテム」を駆使することにすっかり意味がなくなっていることを、春樹は悟っているのでしょう。

関西出身の知人によると、春樹が卒業した神戸高校の卒業生には、ポピュラー音楽やSF小説に没入し、マイペースで生きている人が多いのだとか。春樹はおそらく、神戸高校

OBの典型的なタイプなのだと思われます。そういう彼にとって、「モテアイテム」をつかわなくてよい現在は、居心地のよい時代なのかもしれません。

《この章を理解するための年表》

一九六八年	村上春樹、早稲田大学に入学
一九七九年	村上春樹、『風の歌を聴け』で群像文学新人賞受賞
一九八三年	このころからバブル経済が始まる
	日米貿易摩擦深刻化
一九八五年	村上春樹、『世界の終りとハードボイルド・ワンダーランド』で谷崎賞受賞
一九八七年	村上春樹、『ノルウェイの森』刊行　ミリオンセラーに
二〇〇〇年	斎藤環、『戦闘美少女の精神分析』刊行
二〇〇八年	リーマンショック
二〇〇九年	村上春樹、『1Q84』第一部・第二部刊行
二〇一〇年	村上春樹、『1Q84』第三部刊行
二〇一三年	村上春樹、『色彩を持たない多崎つくると、彼の巡礼の年』刊行

第四章――なぜオジサンは村上春樹を読んで「自分語り」をするのか？

「桃太郎の暮らし」はいつ終わったか

社会人向けの文学講座でお話をさせていただいたあと、受講者のひとり――春樹とほぼ同い年の女性――から、こんなふうにいわれたことがあります。

「『桃太郎』の最初に、おじいさんは山へ柴刈りに、おばあさんは川へ洗濯に行きましたって、出てくるでしょう？　先生のお話を聞いて、考えてみたら、私が子供のころも、洗濯は川でやってたのよ。気がつかないうちに、わたしたちは、『桃太郎』の話ができたときから何百年とつづいてた、日本人の暮らしを変えてしまったんだなあって」

高度経済成長によってもたらされた、豊さと便利さをひきかえにして、日本人は、伝統的な生活様式の大部分を失いました（失った、という自覚すらなしに）。けれども、去年より今年のほうが、ぜいたくに暮らせるのがあたりまえだったバブル崩壊のころまで、たいていの人は、失くしたものの意味を深刻には考えませんでした。

九〇年代の半ばをすぎると、もはや爆発的な経済成長は望めないことがあきらかになりました。このとき、多くの日本人が、

「日本がまず何を目指すべきかについて、議論するための共通の基盤が失われている」

という事実に、初めて気づいたのです。

若者と高齢者、地方と首都圏、従業員と経営者——そうした対立軸を解消するためには、「どちらにとっても大切に思えるもの」から出発しなくてはなりません。その出発点となるものが、高度経済成長の時代になくなったのです。それでも、経済が拡大を続けているあいだは、どちらのサイドも豊かになるいっぽうだったので、対立そのものが目につきませんでした。経済の行きづまりがはっきりするにつれ、解消しがたい矛盾があちこちからうかびあがったわけです。

晩年の三島由紀夫が右傾化していったのは、伝統的な生活様式の喪失にともない、日本人が共有する価値観が崩されるのを食い止めるためでした。六〇年代の段階で、事態の負の側面に気づくあたり、三島の明敏さはさすがです。かといって、三島の死から四〇年、グローバル化が進んだ現在の日本が、三島の主張するようなナショナリズムでまとめられ

るとも思えません。

春樹が「あっちの世界」を描く理由

村上春樹も、経済成長至上主義にそまった日本社会を、さまざまなかたちで批判しています。とくにバブル経済の時期に書かれた『ダンス・ダンス・ダンス』や『国境の南、太陽の西』などに、その姿勢は顕著です。

けれども春樹は、経済成長至上主義にかわる「対案」を、三島とちがって政治理念のかたちでは語りません。「経済」とはことなる価値観――「美」とか「忠義」とか――に殉じた人間を、ドラマティックに描いたりもしていません。

春樹が『ノルウェイの森』を、自分の作品のなかで異色なものと見なしていることは、第三章でのべました。その理由について、春樹はこんなことをいっています。

「つまりね、僕が書いている小説世界というのは、だいたいいつもふたつの世界を内包しているんですね。こっちの世界とあっちの世界ですね。要するに。（中略）僕の意識のなかにはふたつの種類の時間性みたいなものがあるんです。こっちの時間性とあっちの時間性ですね。これは具体的に言うと、僕が小説の舞台として描いている六〇年代・七〇年代・八〇年代の限られた現実の時間性と、それからそういうものを越えた非リアル・タイムの時間性ですね。でも『ノルウェイの森』ではそういう時間性の重層性というのはあまりかかわってこないような気がするんです。だから僕はこれはリアリズムの小説だと感じるんです。実感としてね」(『ユリイカ臨時増刊　村上春樹の世界』一九八九年六月)

『羊をめぐる冒険』で、死者となった鼠と「僕」が会話する山小屋、『世界の終りとハードボイルド・ワンダーランド』の「世界の終り」、『ダンス・ダンス・ダンス』のドルフィン・ホテルの内部にある異空間、『ねじまき鳥クロニクル』の井戸……たしかに春樹の長編には、現実世界の論理を越えた「あっちの世界」がかならずあらわれます。

現実世界の原則にしたがう「こっちの世界」は、どの作品においても、主人公にとって好ましいものではありません。そこに生きる人びとは、少数の例外をのぞけば、想像力を欠き、保身ばかり気にしているように描かれます。

現在社会の悪しき側面を強調したかのような「こっちの世界」で、春樹の主人公たちは心を閉ざしています。これに対し「あっちの世界」では、主人公は「こっちの世界」で失われてしまった人びとと再会し、心の底に隠れた思いを語ります。

「経済至上主義にとらわれた現実世界は、鼻をつまんでどうにかスルーしろ。ほんもののあなたの世界は、仮想現実のなかにある」

春樹の長編小説は、そんなメッセージを読者におくっているかのようです。

この本のなかで私は、「春樹、おたく体質説」をたびたび唱えています。

「リアルの世界では死んだふりをし、仮想現実に自分の根をおろせ！」というのが春樹の所論なのだとすれば、彼の本性はおたくである、という疑いはますます濃くなります。

「リアルを生きる」が「消費をかっこよく」だった時代

三島とくらべて、春樹の姿勢は一見現実逃避的に感じられます。思想のために命を投げだした三島と比較して、仮想世界に引きこもる春樹をそしる人もおそらくいるでしょう。

ここで忘れてならないのは、春樹がデビューしたのが、一九七九年だったということです。八〇年代には、体制を批判する活動を実践的におこなったりすると、六〇年代のゾンビのように見られ、笑いものになるのがおちでした。その時代に称賛された「行動」というのは、すでに触れたとおり、消費と恋愛でした。

現実逃避型のおたくを自認する本田透という作家が、二〇〇四年に発売された『電車男』にかみついたことがあります。非モテのおたく青年が、ブランド好きの美女と恋愛し、

ファッションにめざめる、というのが『電車男』のあらすじです。この作品を本田は、

「おたくを恋愛と消費に引きずりこもうとする悪質なプロパガンダ」

として、告発したのでした。

『電車男』が話題になったころまでは、恋愛と消費に人を駆りたてようとする圧力がまだ働いていたことを、本田の批判は逆に証明しています。実際私も、バブルの残党のような人が、

「おたくはリアルの世界では恋愛しないで、自己満足にひたっているから気味が悪い」

といった「悪口」をもらすのを、リーマンショックのころまでは耳にしました。

現実に身を投じることが、消費に身をやつすことを意味するのであれば、そこから身を引こうとする春樹の態度もまちがっているとはいいきれません。春樹当人も春樹のテクストも、消費社会への加担につながらない場合には、「こっちの世界」に大胆にコミットします。そのことは神戸の地震やオウム事件とのかかわりかたを見ればあきらかです。

「あっちの世界」で何を学ぶのか

春樹の小説に問題があるとすれば、「あっちの世界」に主人公がいる場面でも、「こっち

の世界」をどのように変革すべきなのかが、はっきりしめされないことです。

春樹の主人公たちは、「あっちの世界」に入りこんだあと、決定的な行動に出るのがふつうです（主人公の分身的な存在がそうした行動をするところに、立ちあう場合もあります）。いずれにせよ、それらの行動が読者に向けてどういうメッセージを発しているのかは、つねにあいまいなままです。

『世界の終りとハードボイルド・ワンダーランド』で、影だけを城壁の外に逃亡させ、自分は壁にかこまれた街にとどまること、『ねじまき鳥クロニクル』で、綿谷ノボルをバットで殴ること、『海辺のカフカ』で、ナカタさんの遺体の口からあらわれた白いぬめりとしたものを殺すこと——こうしたことから、

「自分のなすべきことをしっかり引き受けろ」

「『こっちの世界』を住みにくくしている敵と戦え」

といった主張はつたわってきます。ただし、読者が具体的に何を引き受け、だれと戦えばいいのかはまったくわかりません。

春樹は、

「物語とは、そこをくぐりぬけた人間が、精神的な意味で変容をとげるためにある。物語の筋そのものを分析的にながめても、ほとんど意味はない」

といったことをくりかえしのべています。

ようするに、

「自分の作品は、『こっちの世界』で傷つき、疲れた人間が、『あっちの世界』に行って再生して帰ってるためにある。再生したあと、『こっちの世界』で何を引き受け、だれと戦うかは、読者一人ひとりの問題だ」

といいたいのでしょう。

美術館に飾られた絵のように、ながめて楽しむものではなく、遊園地の乗りもののように、みずから体験して初めて価値が生まれるもの——そういうものとして自分の作品を見てくれと、春樹は主張しているわけです。

春樹の作品を「体験型アミューズメント」だと考えれば、「村上春樹の謎を解く」といった類の文章がたいてい書き手の「自分語り」になってしまう——この本も、そうなっている部分があります——ことの理由もわかります。春樹の小説の「わけのわからないところ」に、ある人が見いだした「解釈」は、その人にとっての「答え」にしかならないしくみなのです。自分の作品の文庫版に、他人が書いた解説を載せるのを春樹が拒むのも、おそらくこのためです。

「ヨサク」を甘やかしていいのか

この章の冒頭でのべたとおり、いまの日本では、ひとつの価値観がひろく共有されることは、むずかしくなっています。そうした時代には、作者の価値観を鮮明に打ちだした作品より、どんな価値観を持った読者にも利用価値のある「体験型アミューズメント」のほうが支持を集めやすいのはたしかです。春樹の小説は、現代日本に流通させるコンテンツとして、おそろしいほど理にかなっています。世界じゅうのさまざまな地域で春樹が読まれているのも、「体験型アミューズメント」であることと無関係ではないはずです。

春樹は、先に引用したインタビューのなかで、こんなこともいっています。

「僕は、これは前にどこかで言ったことがあると思うんだけれど、すべての風俗は善だと思ってるんです。原則的にはね。つまり今あり、今おこっていることは、原則的にはすべてナチュラルであると」

日本の現状にどれほど不満があっても、それが実際に存在する以上、全面否定はしない。どのようにこの国を変えていくべきかについて、作品のなかで声高にさけんだりもしない。ただし、傷つき、疲れた人の再生の手助けはする——それが、春樹の「やりかた」なのでしょう。

この「やりかた」が、いまを生きる小説家として最良の選択なのかどうかは、本書の最終章で考えてみるつもりです。いまの段階でいえるのは、春樹の小説は売れているだけでなく、同時代の人間を、それなりに救っているということです。

ただし、第一章で私が批判した「ヨサク」たち——既得権益のうえにあぐらをかいていて、日本を変えようとする者の足をひっぱる四〇代以上の人びと——が春樹を好きなのも、この「やりかた」のせいです。すでに「壁」を構成する側にまわっているのに、いつまでも「卵」のつもりでいる「ヨサク」たちは、春樹を読んで、

「『こっちの世界』では何をしたって『壁』に勝てるはずはないから、長いものにまかれるふりをしておとなしくしていよう。『卵』のように脆弱だが、汚れのない私の魂は、『あっちの世界』で遊ばせておこう」

と考えるわけです。もっとも、「あなたの作品が、『ヨサク』さんたちを甘やかしている責任について、どう感じていますか?」と、春樹当人につっこんでも、

「それは『ヨサク』さんたちの問題であって、僕の問題じゃない」

と、いなされてしまうでしょうが。

《この章を理解するための年表》

一九五四年	このころから高度経済成長始まる
一九六八年	村上春樹、早稲田大学に入学（学生運動の全盛期）
一九七〇年	三島由紀夫、割腹自殺
一九七七年	劇場版『宇宙戦艦ヤマト』が大ヒットし、おたく文化が社会の表面に浮上
一九七九年	村上春樹、『風の歌を聴け』で群像文学新人賞受賞
一九八三年	このころからバブル経済が始まる
一九九二年	バブル経済完全崩壊
一九九五年	阪神淡路大震災　オウム真理教事件
	村上春樹、『ねじまき鳥クロニクル』で読売文学賞受賞
	ウィンドウズ95発売
二〇〇四年	『電車男』が刊行され、話題を呼ぶ
二〇〇八年	リーマンショック

第五章——

なぜ龍はブレまくって、春樹はブレないのか？

純文学作家に「病んでるヒト」が多いわけ

私はたいてい、授業の最後に、その日に話したことに対する意見や感想を書いてもらいます。先日、そのリアクションペーパーに、こんな質問が記されていました。

「どうして日本の近現代作家には、こんなにも『病んでるヒト』が多いのですか。漱石は被害妄想、鷗外は現地妻をつくって遺棄、谷崎はほんもののドM、川端はロリコン、三島は軍事コスプレがとまらなくなって死亡」

たしかに純文学作家（＝「芸術としての小説」の書き手）といえば、「病んでるヒト」ばかりです。これは、日本にかぎった話ではありません。アメリカの作家で、村上春樹が訳している人だけを見ても、スコット・フィッツジェラルドとレイモンド・カーヴァーはアル中、J・D・サリンジャーは不登校児がそのまま大人になった引きこもり、トルーマン・カポーティは薬物依存症です。ドイツやフランスの作家を見ても、似たりよったりです。

純文学作家に「病んでるヒト」が多いのは、近代社会のなかで芸術が担わされた役割のためです。近代以前の社会では、「この世を超えたすごいもの」は、宗教によって人びとのもとにもたらされていました。ところが、宗教の権威が科学によっておびやかされるようになると、「この世を超えたすごいもの」は、おもに芸術をとおして体験されるようになります。その結果、芸術をつくりだす人間も、「ふつうの人びと」からかけはなれたキャラクター、つまり「病んでるヒト」であることをもとめられるようになったのです。

おなじ小説家といっても、会社人間御用達の司馬遼太郎、松本清張、山崎豊子といった人たちには、病んでるイメージはありません。この種の作家に期待されるのは、

「この世を超えたすごいものを見せること」

ではなく、

「社会人のためのサバイバル術の指南役」

だからでしょう。

社会が作家に何を期待するかによって、「どういう人が作家になるか」や、「作家になっ

た人間がどのようにふるまいがちであるか」は、ちがってくるのです。

「私小説」VS「本格小説」

第三章にも書きましたが、芥川賞は、純文学の新進作家のための賞です。直木賞とともに、文学賞のなかでは例外的に、一般マスコミでも大々的に選考結果が報道されます。このため、文学にあまり関心のない人のなかには、

「その年に出版されたあらゆる小説のなかで、最高の作品が受ける賞」

だと、誤解している向きもあるようです。


村上春樹は、デビュー作の『風の歌を聴け』と、二作目の『1973年のピンボール』で、芥川賞の候補になりながら、受賞にいたりませんでした。どちらの作品も、選評を見ると、「おもしろい」とか「よく書けている」など、高い評価が与えられています。にもかかわらず、賞を得ることができなかったのは、

「この作者に書きつづける資質があるかどうか、もう少し様子を見たい」

という理由からでした。


春樹のデビューに先立つこと三年、二四歳の若さで芥川賞を受けたのが村上龍です。

龍が、『限りなく透明に近いブルー』で芥川賞を受けたときの選評には、「欠陥だらけの作品だが、書き手に資質があることは疑えない」ということばが見えます。ここでいわれていることは、春樹の芥川賞が見おくられた理由と、ちょうど反対です。

龍と春樹の運命をわけた「資質」とは、具体的には何を意味しているのでしょうか？

日本の純文学小説は、ふたつの流派が対立しつつ歴史を築いてきました。いっぽうは、実生活をありのままに描いた「私小説」ばかりを書くグループ、もういっぽうは、架空のストーリーを組みあげる、「本格小説」をおもに手がける作家たちです。

「私小説」派の作家は、田山花袋、志賀直哉、葛西善蔵、川崎長太郎、瀧井孝作など、「本格小説」派の代表には、夏目漱石、谷崎潤一郎、芥川龍之介、三島由紀夫、大江健三郎がいます。

一見してわかるように、「本格小説」派の作家のほうが、「私小説」派よりはるかに有名です。最終学歴をしらべても、「本格小説」派にはずらりと東大卒がならびますが、「私小説」派は大学を出ていなかったり、中退だったりです。

これは、センスや教養があり、「架空のお話」のネタをしこむのにたけた書き手は、「本格小説」を目指すのがふつうだったからです。「私小説」ばかり書く作家は、発想力やりサーチ能力にとぼしく、自分の生活しか書くことがない、というタイプがほとんどです。したがって、題材のあたらしさや着想の鮮やかさでは、たいていの「私小説」派は「本格小説」派におよびません。そこで、「私小説」派は、「真剣さ」をセールスポイントにしようとします。

「才能はないかもしれないが、文学への情熱はだれにも負けない! だから、人に知られたら困る恥ずかしい話や、やばい話もどしどし書く。エリート気どりの『本格小説』派は、ここまでマジに文学をやっていない!」

こうした発想のもと、「私小説」派の作家たちは、自分の「恥」や「犯罪的ふるまい」を小説にしていったのです。

春樹は「マッピング不能」だった

「私小説」派の作家がしていることは、パンク・ミュージシャンを連想させます。パンク・ミュージシャンのライヴでは、演奏者がニワトリの首を切ってみせたり、自分の体にナイフをつきたてたり、といったことがおこなわれます。そうすることで、「過激さ」や「真剣さ」をアピールしているわけです。けれども彼らは、「過激さ」や「真剣さ」

以外に他者に訴えかける要素――演奏テクニックとか音楽上のオリジナリティ――を、しばしば欠いています。

村上龍の『限りなく透明に近いブルー』の主人公は、作者その人を思わせるリュウという青年が、ドラッグをやっておかしくなったり、乱交パーティをしたりするさまが描かれています。

つまり、『限りなく……』は、作者の「やばい体験」を告白した小説、として読むことができるのです。龍がこの作品で、

「プロ作家の資質あり」

とみとめられたのは、「パンク私小説作家」の系譜につらなる書き手だと見なされたからでした。

いっぽう、春樹のデビュー作である『風の歌を聴け』は、架空のSF作家であるデレク・ハートフィールドについて語るところからはじまります。短い断片をつみかさねていく構成は、実在するSF作家・カート・ヴォネガットの影響です。

海外小説にならって書かれているのだから、『風の歌を聴け』は、「パンク私小説」とはいえません。主人公の「僕」が、法や道徳にそむくことをするわけでもありません。

かといって、「本格小説」の典型的なかたちからも、春樹の第一作は大きくはずれてい

ます。春樹のデビュー当時、「本格小説」のモデルとして想定されていたのは、ほかの国の芸術小説だったのに、『風の歌を聴け』は、SF作品にならった形式で書かれています。SFなどのエンタメ小説の枠組みを借りて、純文学小説で描かれるようなテーマを追求した作品は「スリップ・ストリーム」と呼ばれます。春樹が文壇に登場した時点で、アメリカではこの種の小説はすでに書かれはじめていました。

そのころの芥川賞選考委員の大半は、「スリップ・ストリーム」の存在を知らなかったものと思われます。そのせいで、「私小説」派にも「本格小説」派にも分類できない春樹は、「マッピング不能」と見なされ、「書きつづける資質」を疑われたのでした。

迷走する芥川賞と「教養」の終わり

一九八五年、『世界の終りとハードボイルド・ワンダーランド』で、春樹は谷崎賞を与えられました。谷崎賞にえらばれた作家は、「新人」とは見なされなくなり、芥川賞の選考対象からはずされます。

谷崎賞は、デビューして一五年ほどたった作家が受けるはずの賞です。キャリア六年の春樹がこの賞にえらばれたのは、あきらかに異例でした。春樹はあっというまに、「芥川賞の対象となる新人作家」を卒業したわけです。

八〇年代に頭角をあらわした作家のなかで、「芥川賞を取って当然だったのに、取りそこねた人」は、春樹ひとりではありません。島田雅彦、山田詠美、吉本ばななといった当時の人気作家が、そろって芥川賞をのがしています。この時代の芥川賞候補作を見ると、受賞作家のラインナップより、「落選した大物」の顔ぶれのほうが、どう考えてもゴージャスです。今年になって、『島田雅彦芥川賞落選作全集』が河出文庫から出たほどですから、文学愛好者にとって、この時代の芥川賞の迷走ぶりはもはや「常識」といえます。

「取るべき人ほど、取れないこと」にくわえ、「該当者なし」の回が異常に多いのも、八〇年代芥川賞の特徴です。芥川賞は年二回、受賞作がえらばれるので、八〇年代をつうじて二〇回、選考委員会がひらかれています。このうち九回が「該当者なし」になっています。ほぼ二回に一回は、だれにも賞を出さなかったわけです。

一九七〇年に前後に、政治的闘争の時代が終わり、消費文化が台頭したことは、すでにのべました。それは同時に、「エリートが身につけるべき文化＝教養」の終焉をも意味していました。

「教養」が、社会的成功者の証明になっているという感覚は、明治のころから日本人のあいだに共有されていました。その感覚が、消費文化の時代がおとずれるとともに失われます。それからは、ブランドものの衣服や高価なクルマだけが、「成功」のシンボルとなる時代がつづいたわけです。

八〇年代に入ると、こうした状況が世の中全体にひろまります。無理をしてアルマーニを着る人間はいても、好きでもない純文学をがまんして読む人間はいなくなりました。

そういう時代に、ひろく読まれる純文学小説を書くには、

○消費文化に向かった人びとの関心をつかむ。

○「おたく＝教養を誇ることもできないが、消費文化の流れにも乗れないタイプ」を引きつける。

このどちらかを満たさなくてはなりませんでした。ようするに、「パンク私小説」にも「本格小説」にも欠けている要素を、作品にもりこむ必要があったのです。

島田雅彦は、エイズなどの時事ネタを取りこみつつ、「ブランド品のように消費できるスマートな文学」を目指しました。山田詠美は、伝統的な恋愛小説や家庭小説を、消費文化の風俗のなかによみがえらせました。漫画家のハルノ宵子を姉に持つ吉本ばななは、

「字で読む少女マンガを書く」といわれました。初期の春樹も、「消費文化に適合したカッコいい小説」の書き手だと「誤解」されていました。

話題の新進は、「私小説」にも「本格小説」にも分類不能、「昔ながらの基準」でマッピングできる若手は、一般読者に受け入れられない——こんな苦境ゆえに、八〇年代の芥川賞は「該当者なし」をくりかえし、人気作家に栄誉をさずける機会をのがしていたのです。九〇年代以降の芥川賞は、八〇年代の「迷走」への反省からか、めぼしい作家には確実に与えられています。ただし、「新人」とはいいがたい大物が、おそすぎる顕彰を受ける例も目につきます。芥川賞を取らせることで、あたらしい書き手をうかびあがらせることより、人気作家に受賞してもらい、芥川賞の権威を維持することを重んじている——そんな気がして、さびしくなることもしばしばです。

ブレない春樹とブレつづける龍と

ところで、冒頭にのべた「純作家は病んでいる」という法則は、現役作家にはあまりあてはまりません。二〇世紀の終わりごろ、アダルトチルドレンをあつかった小説や、サイコ・スリラーがはやった時期には、田口ランディのように「トラウマ語り」をする作家もいました。そういう書き手も、あまり見かけなくなりました。田口ランディも、二〇一一年の東日本大震災を経てからは、原発問題と育児のスペシャリストになっています。第一〇章でくわしく触れる予定ですが、九五年ぐらいから、「この世を超えたすごいものを見せること」を、純文学小説は期待されなくなりました。このため純文学作家も、「常識のあてはまらないあぶないヒト」である必要がなくなったのです。

春樹は、「作家はあぶない」というイメージがまだのこっていたデビュー直後から、走ったり泳いだりに一生懸命で、不健康なイメージとは無縁です。

これに対し、「パンク私小説」の後継者と見られていた龍は、若いころにはうつ病になったことをカミングアウトしたりして、「病んでる作家」路線を走りかけました。バブル時代には一転、アルマーニのスーツに身をつつんで、テレビのレギュラーをつとめ、うつ病の「う」の字も知らないような顔をしはじめました。ここ一〇年ほどは、財界人とのコラボに乗りだして、サラリーマン御用達作家を目指しているように見えます。もちろん、病んでいる風情はまったく感じさせません。

春樹の「ブレなさ」は、まちがいなく尊敬に値します。しかし、ブレにブレつづけ、それでもデビュー以来三五年、人気作家でありつづけている龍も、たいしたものだと私は思います。

《この章を理解するための年表》

一九六八年	村上春樹、早稲田大学に入学
一九七六年	村上龍、『限りなく透明に近いブルー』で群像新人文学賞と芥川賞受賞
一九七九年	村上春樹、『風の歌を聴け』で群像文学新人賞受賞、芥川賞候補に
一九八〇年	村上春樹、『1973年のピンボール』で再度芥川賞候補に
一九八三年	このころからバブル経済が始まる
	島田雅彦、『優しいサヨクのための嬉遊曲』で芥川賞の候補となる。以後、合計六回候補となるもすべて落選
一九八五年	山田詠美、『ベッドタイムアイズ』で芥川賞候補となる。以後、合計三回候補となるもすべて落選
	村上春樹、『世界の終りとハードボイルド・ワンダーランド』で谷崎賞受賞
一九八七年	吉本ばなな（よしもとばなな）、『うたかた』『サンクチュアリ』で芥川賞候補となる
	村上春樹、『ノルウェイの森』刊行　ミリオンセラーに
一九九五年	阪神淡路大震災　オウム真理教事件
	村上春樹、『ねじまき鳥クロニクル』で読売文学賞受賞
二〇〇〇年	田口ランディ、『コンセント』で小説家デビュー

第六章——

なぜ春樹は早起きをして走るのか？

世界を席巻するハルキノミクス

村上春樹の三年ぶりの長編『色彩を持たない多崎つくると、彼の巡礼の年』は、発売後七日で、売り上げが百万部に到達しました。本そのものが売れただけではなく、新作の経済効果は、多方面に波及しました。たとえば、フランツ・リストのピアノ曲集『巡礼の年』を、ラザール・ベルマンが演奏したディスクが、小説では重要な役割を演じています。このベルマンによる『巡礼の年』の輸入CDが、『色彩を持たない……』の発売直後から爆発的に売れ、長らく廃盤になっていた国内盤も再リリースが決定しました。

村上春樹の影響力は、海外でも絶大です。二〇一三年、レオナルド・ディカプリオ主演の映画『華麗なるギャツビー』が公開され、話題を集めました。この映画を監督したバズ・ラーマンによると、製作会社は当初、『ギャツビー』の映画化に乗り気でなかったといいます。「原作がアメリカ人にしか知られていない」というのが、その理由でした。そこでラーマンは、

「『ギャツビー』は、村上春樹が訳しているから、少なくとも日本では有名なはずだ」

といって、スタジオを説得したそうです。

小説家が「破滅的」だった理由

村上春樹の存在感は、もはや「日本の作家のなかで、国際的にもいちばん有名な人」といったレベルを越えています。アメリカでも欧州でも、中国や韓国などのアジア諸国でも、春樹の人気は、作家や編集者といった「文学業界人」の輪の外までひろがっているのです。『色彩を持たない……』も、日本国内で発売された時点で、各国語に訳される話が進んでいました。国内版が公開され、売れゆきがあきらかになるまえに、世界各国でのリリースが検討される――日本の自動車や電気製品ではあたりまえにおこなわれてきたことですが、このようなあつかわれかたをしたコンテンツは、日本語で書かれた文学作品のなかで、春樹の小説が初めてです。

国際市場で真の競争力を持った「商品」を生むという、日本の作家には前例のない偉業を、春樹はなしとげたのです。

彼は、ライフスタイルの面でも、これまでの作家たちとはまったくちがっていることは、よく知られています。

「銀座や新宿のゴールデン街で夜明けまで酒を飲み、麻雀や競馬にうつつを抜かす」というのが、日本の小説家のイメージでした。きびしい節制で知られていた三島由紀夫も、きっちり夜中の十二時に帰宅して、朝まで執筆するのが日課でした。

春樹は、夜の九時に床に就き、明け方の三時や四時に起きて小説を書きます。

「長距離を走るときのように、コントロールされた生活をおくり、一定のペースですすめていかないと、長編小説は書けない」

というのが春樹当人の弁です。

「自分は、生まれつき特別なものを持った人間ではない。小説を書いているあいだだけ、ふつうの人には見えない世界にアクセスしているが、それをするためには特別な手つづきがいる」

といった主旨のことものべています。

小説家はかつて、芸能人やIT企業の社長のような「セレブ」でした。酒に溺れたり、不倫の恋に走ったりといった「ふつうの人がやりたくてもできないこと」を、わざとやってみせ、大衆の期待に答えることも「仕事の一部」でした。自分の「とんでもない実生活」を作家は作品に描き、読者はあこがれの目で「作者=主人公」の姿を見つめる——そういう小説の読まれかたが、一九七〇年代ぐらいまでの日本にはあったのです。

メディアが多様化し、活字文化の特権的地位が失われた現在、「本を書く人」はもはや「セレブ」ではありません。文学者の「とんでもない生活」にあこがれる人間がいなくなった以上、現在では、作家がわざわざ不摂生をする必要もなくなっています。

文芸書の編集者の話を聞いても、

「小説を書くために、破滅的に生きるのはあたりまえ」

と考える作家は急速に減っているようです。自分の実生活を描くのではなく、多くの読者に訴える物語を組み立てるのであれば、規則正しい生活を送ることは不利にはなりません。第五章でも触れたとおり、昭和の作家でも、司馬遼太郎や松本清張といった、ストーリー構成や情報量で勝負する作家の暮らしぶりは、とくに破滅的とはいえませんでした。

裏事情に強い夜型・変革期に強い朝型

ただし、村上春樹はどうして規則正しいだけでなく、朝型の生活を送らなければならないのか、という疑問はのこります。

まとまった文章を書くには、邪魔の入らない静かな時間が必要なのは当然です。多くの作家は、その時間を深夜から明け方にかけて確保します。これに対し、春樹は夜中には眠って早朝に起き、ふつうの社会人なら活動をはじめている、午前十時ごろまで筆を執るようです。

彼がこうしたタイムテーブルを採用しているのは、同業者とずれた時間帯で生活しようとしているからではないでしょうか。

おなじ職業の人間と交流を深めることは、たしかに新しい仕事にありついたり、いざというときに頼れる仲間を増やしたりすることにはつながります。反面、業界の内部事情にばかり気を取られ、世の中全体の動きを見失うことにもなりかねません。春樹が作家として地位を確立した八〇年代は、小説家が「セレブ」を演じる時代が末期を迎えていました。こうした変革期にはとりわけ、自分の属する世界のローカルルールにとらわれることが、生きのこりのうえで致命傷になりかねません。

村上春樹は、他の文学者とほとんどつきあわないことを公言しています。同業者とはちがう時間に活動し、最低限のコンタクトしかとらない——そういう生き方をしていること、彼が日本の文学者として空前の存在になれたこととは、おそらく関係しています。

「羊男」のような、人間とも動物ともつかない存在が登場するなど、春樹の小説には、多くの「謎」が描かれます。それらの「謎」に、さだまった「答え」はありません。それぞれの読者が、自分なりの「答え」を見出すことで、村上春樹の作品世界は完結します。

こういう「読者参加型」の小説をまとまって書きつづけた人物は、日本の文学者のなかでは、春樹が初めてです。作者の生き方や思想を押しつける作品ではなく、読者が自分なりにカスタマイズできるものを書いたから、春樹の小説は世界的にひろく受け入れられたのだといえます。編集者や他の小説家の動向に気をとられていたら、ここまで大胆にわが道を行くことは、むずかしかったにちがいありません。

組織にたよると組織に捨てられる

終身雇用制が崩壊し、人材のグローバル化が進んでいる現在、一般のサラリーマンにも

「変革期」がおとずれていることはたしかです。

『たんに『よき組織人』というだけの人材はもう必要ない。『この会社のピンチは自分が救う』というような、気概のある人にならきてもらいたい」と、企業の経営者たちもいっています。

小説家のような、完全なる「自営業」をなりわいにしている人は、たしかに少数派です。多くの人びとは、何らかのかたちで組織に属し、同僚や同業者とのかかわりをすべて断ち切るわけにはいきません。けれども、企業で生きる人間にも、業界の外側を視野に収めることや、同業者にはない着想を持つことがもとめられる時代がきています。そうした時代の要望に応えるために、他人とライフスタイルを少しだけずらし、不必要なしがらみにとらわれないようにする——「ふつうの人びと」にも、春樹の「早起き」から学べることは少なくないはずです。

村上春樹は、二〇〇九年、エルサレム賞を受賞しました。その記念スピーチで彼は「もろくて弱い卵と、その卵がぶつかって割れる壁とがあったら、自分は卵の側に味方する」とのべて、話題を集めました。

「卵」は組織から独立した個人のたとえであり、「壁」は個人の自由を押しつぶそうとする組織をあらわします。いま、あきらかになりつつあるのは、「壁」に組みこまれてしまったら、「卵」として生きる以上に、サバイバルがむずかしいという事実です。春樹もおそらく、そのことに気づいたのでしょう、『色彩を持たない……』では、「組織に盲従する人間」の危うさが描かれています（この点については、第一五章でくわしく検討します）。「壁」に飲みこまれないためには、自分をコントロールする力が必要です。早起きを習慣とすることは、そういう力を鍛えあげるうえでも、重要なのかもしれません。

《この章を理解するための年表》

一九七〇年	三島由紀夫、割腹自殺
一九八九年	村上春樹、自作長編初の外国語訳である英語版『羊をめぐる冒険』刊行
二〇〇六年	村上春樹、『グレート・ギャツビー』の翻訳刊行
二〇〇九年	村上春樹、フランツ・カフカ賞受賞
	村上春樹、エルサレム賞受賞・授賞式で「壁と卵」演説
二〇一三年	村上春樹、『色彩を持たない田崎つくると、彼の巡礼の年』刊行
	バズ・ラーマン監督『華麗なるギャツビー』公開

第七章——なぜ『ノルウェイの森』はバブル時代を象徴する小説となったのか？

「なってはいけない光源氏」のモデルになった男

以前、この本の出版元でもあるプレジデント社から、『光源氏になってはいけない』という本を出しました。それを書いているあいだ、ある友人のことがずっと脳裏にうかんでいました。

その男——ここではSと呼んでおきます——は、高校の同級生でした。複雑な家庭に育ったらしく、父親と苗字がちがうのだといっていました。話術にたくみで、人好きのする顔をしていましたが、仲間の中心にいなければ気のすまないタイプだったので、同性受けはよくありませんでした。

そのかわり、女子にはモテていたようです。

「自分の生いたちの話をすれば、たいていの子は泣いてくれる。そうなれば、だいたいはこっちのものさ」

そんなふうに、いつもいっていたのをおぼえています。

遊んでばかりいたせいもあり、高校時代のSは、私より成績は下でした。それなのに、一年浪人しただけで、東京大学の理科一類に合格しました。

大学に入ってから、Sとは年に一度か二度会うきりになりました。あるとき、飲みながら話をしていると、Sの女性関係は、さらに華々しくなっていることがわかりました。

当時、春樹の『ノルウェイの森』がベストセラーになっていました。そこで私が、「お前、永沢さんみたいなことやってんだな」というと、Sは不機嫌そうに顔をしかめました。

「ちがうよ、ぜんぜんちがう。僕は自分を、まるごと受けとめて欲しいだけなんだ。なかなかそういう人に出会えないから、こうやってさまよいつづけてる」

私が返事に困っていると、Sはさらにつづけました。

「僕があの小説のなかでいちばん共感するのは、緑だよ。ほら、『私がショートケーキが食べたいっていっていったら、ショートケーキを買いに行ってくれて、こんなのいらないってそれを放り出したら、またかわりを買って来てくれる。そういう相手が必要なの』って、緑がワタナベにいうシーンがあるだろ。僕はあそこ大好きなんだ。緑がどれだけさびしい子かがよくわかって」

「素人」と「プロ」の逆転現象

Sとは反対に、緑が大嫌いだ、という友人もいました。ただし、緑を好きか嫌いかにかかわりなく、「緑のような子」が身近にいることは、多くの友人たちが感じているようでした。

緑のような子――他人をどこまで振りまわすことができるかで、自己重要感を確認しようとするタイプのことです。『ノルウェイの森』がベストセラーになった八〇年代後半、「緑のような子」は、どこにでも一定の割合でいました。

いまの若者たちは、「緑のような子」がいたとしても、まともに相手にしない気がします。「ショートケーキだろうがチョコレートムースだろうが、欲しけりゃ自分で買いに行けよ!」といわれてしまうのがオチでしょう。

八〇年代は、日本人全体が、過剰な自己重要感にとらわれていた時代です。このころには、「素人の時代」という標語が、何かにつけて口にされました。

「苦労して身につけた『スキル』を売るプロよりも、ありのままでまかりとおる素人のほうがえらい」

という感覚が、ひろまっていたのです。

ＡＫＢ48とおなじく、秋元康によってプロデュースされた「おニャン子クラブ」は、そんな時代の空気を象徴するような存在でした。夕方五時台に放映されていたバラエティ番組「夕焼けニャンニャン」を母胎として、このグループが結成されたのは一九八五年。売りだし文句は、

「ふつうの女子高校生が、クラブ活動感覚でアイドルをしたら……」

でした。それだけに、歌も踊りも、いまあらためてながめると、ＡＫＢ48にもまったくおよびません。けれども当時は、

「歌も踊りもできなくてかまわない。いかにも芸能人という感じがしないところが逆にかわいらしい」

と思われていました。

バブルに向かいつつあった八五年には、「素人」がもてはやされているのをながめ、

「私だって、テレビに出るぐらいのセレブにはなれるはずだ」

と考えて、自己重要感を補強する人びとがいたのです。彼らにとって、スキルがあるから尊重されている「プロ」は、天与の存在価値だけで評価されているわけではないので、

「劣等人種」でした。この感覚は、林真理子の小説『アッコちゃんの時代』に、克明に描かれています。いまとなってはおそろしいほどの勘ちがいといえますが、当時の日本人は、自己重要感をそれぐらい肥大させていたのです。

こうした状況が生じた背景には、日本経済の地位が向上し、日本人の自己イメージが激変したことがあります。

第二次大戦後の日本論といえば、

「いかに日本社会は、欧米と比較して遅れているか」

を説いたものばかりでした。それとはことなる論調のものが発表されても、受け入れられることは稀でした。

ところが、日本の製造業がアメリカを追い抜き、日米貿易摩擦が表面化しはじめた八〇年代前半になると

「日本社会には、世界でも類を見ないすぐれた特性がある」

といったことがさかんに語られはじめます。その種の日本論の代表作である山崎正和『柔らかい個人主義の誕生』が刊行されたのが、一九八四年です。その五年前、一九七九年には、アメリカ人研究者が日本社会を礼賛した『ジャパン・アズ・ナンバーワン』(エズラ・F・ヴォーゲル著)がベストセラーになっていました。

敗戦以来、日本人は、アメリカに対する劣等感にさいなまれていました。八〇年代初め、経済面でアメリカに対し優位に立ったことで、その劣等感は裏返されて奇妙な優越感に変わったのです（一九八〇年代に、アメリカのクルマや服に対するあこがれを日本人がなくしたことは、第三章で触れました）。

日本人の大半が舞いあがってしまった結果、天与の存在価値だけで評価される「素人」より、「プロ」は劣ると思う人びとがあらわれたわけです。「緑のような子」がいたるところにいたのも、自己重要感を振りかざすことに、社会が寛容だったからにほかなりません。

六〇年代の皮を被った八〇年代

『ノルウェイの森』は、春樹が大学生活を送った六〇年代末が舞台となっています。この小説を、時代考証に忠実な作品と見なすなら、緑は時代にさきがけたキャラクターということになります。

けれども、ワタナベが直子や緑とつむぐ物語の世界には、八〇年代のことだと考えなくては、理解できない要素がたくさんあります。

まず、登場人物のファッションです（服の話ばかりして、申し訳ありません）。

大学生になったワタナベが上京してきて、直子と再会したのは、日曜日の中央線の車内でした。このとき、ひとりで映画を見に行くつもりだった直子は、トレーナーを着ています。タウンウェアとしてトレーナーが、もっともひろく若者に着られていたのは、八〇年代後半でした。六〇年代末には、女性がトレーナーを着ることそのものがめずらしかったはずです。

それから、上巻の末尾に、療養施設で直子のルームメイトになっているレイコさんが、バックハウスとベームによる、ブラームスのピアノ協奏曲第二番を聴く場面があります。レイコさんはこの演奏について、

「昔はこのレコードをすりきれるぐらい聴いたわ。本当にすりきれちゃったのよ。隅から隅まで聴いたの。なめつくすようにね」

と語ります。

バックハウスとベームのブラームスの第二協奏曲は、クラシックマニアなら知らない人はいない名盤です。このディスクが録音されたのは一九六七年。作中でレイコさんがこれを聴いているのは、そのわずか二年後の六九年という設定です。「昔、すりきれるぐらいこのレコードを聴いた」というレイコさんのせりふは、あきらかに不自然です。

この不自然さは、『ノルウェイの森』の舞台を、この小説が執筆された一九八六、七年

ごろと見なすなら解消します。三〇代後半のレイコさんは、ハタチ前後でこの名演と出会い、愛聴したことになるからです。

『ノルウェイの森』に描かれているのは、「六〇年代の皮を被った八〇年代」とでもいうべき世界です。だとすれば、八〇年代に急増した「緑のような子」のありかたが、緑のキャラクターに反映されている可能性もありえます。

ちなみに、『ノルウェイの森』が発売された直後、六〇代の文芸評論家が、

「緑という人物が理解できない」

と発言したことがありました。これに対し、そのころ売り出し中だった上野千鶴子――のちに東大教授にもなった社会学者です――が、

「ああいう子、いまどきたくさんいるじゃない。おじさんは知らないのかしら」

とコメントしました。この上野のことばからも、緑がきわめて八〇年代的なキャラクターであったことがわかります。

自分と対照的なものにあこがれる作家

『ノルウェイの森』では、何人もの作中人物が自殺します。この小説には、主人公のワタ

ナベが、失われた友人たちに向けて鎮魂の思いをつづった手記、という趣があります。初めて『ノルウェイの森』を読んだとき、作中人物への鎮魂に託して、春樹自身の青春が哀悼されていると私は感じました。この私の印象は、当時の読者の反応として、それほど特殊なものではなかったはずです。八〇年代には、六〇年代に大学生活をおくった人びとが著した、青春回顧の著作が続々と世に出されていました。

しかし、『ノルウェイの森』に描かれた世界が「六〇年代の皮を被った八〇年代」だとするなら、私の最初の感想はまちがっていたことになります。その時点ではまだ失われていなかった「日本の八〇年代」を、鎮魂のトーンで語った作品――それが『ノルウェイの森』なのでした。

この作品の主人公であるワタナベの愛読書は、スコット・フィッツジェラルドの『グレート・ギャツビー』です。フィッツジェラルドは、アメリカがバブル経済に沸いていた一九二〇年代を象徴する作家でした。そして春樹は、『グレート・ギャツビー』をはじめ、何冊もフィッツジェラルドの翻訳を手がけています。

フィッツジェラルドを知りぬいている春樹が、八〇年代の日本の好況を、二〇年代のアメリカにおけるバブルと同様、「いずれ失われるもの」と見ていたことは容易に想像できます。実際、バブルのさなかに春樹は、「スコット・フィッツジェラルドと財テク」というエッセイを書いてもいます（『村上朝日堂はいほー！』所収）。同時代の日本の世相から、二〇年代のアメリカを連想する回路が、八〇年代の春樹に存在したことはまちがいありません。

ワタナベ君が『グレート・ギャツビー』を愛読しているという設定は、この作品に、八〇年代バブル崩壊の予感がこめられていることの密やかなサインであった――現在の私は、そんなふうに考えています。

春樹には、みずからと対照的な存在に、強くあこがれる性質があります。たとえば、「自分は、三島や川端のような、これみよがしの美文を書く作家ではない」と語っていますが、春樹の好きなフィッツジェラルドやトルーマン・カポーティは、きわめつきの美文家として有名です。

早寝早起きを心がけ、毎日きまった分量の原稿を書く、というスタイルを、春樹は八〇年代から現在までつらぬいています。これほどバブル的なものから遠い生活をつらぬいている作家は、めずらしいはずです。

それだけにかえって、バブルに踊らされていた人びとへの強いこだわりが、春樹のなかにあったような気が私はしています。そのこだわりが、『ノルウェイの森』を書き進める原動力になったのではないでしょうか。

バブル的な人生も楽ではない

Sのようなタイプの人間にとって、バブルの時代は天国だったかもしれません。しかし、私にとってあの時代はむしろ地獄でした。

複数の女性と同時につきあったり、毎晩、盛り場で遊んだりするには、それなりに気力も体力もいります。そんなことにつかうエネルギーがあるのなら、映画を観たり文章を書いたりしていたい、というのが私の本音です。

二〇一三年の現在なら、そういう本音をカミングアウトしても、べつに非難されることはありません。「そんな変わりものもいるだろう」と思われるぐらいですんでしまいます。けれども、バブルのころにそんなことを口にしたら、

「根クラで貧乏な非モテ(という言葉は当時ありませんでしたが)の居なおり」

などと、好き放題ののしられたことでしょう。

ちなみに、Sと最近会ったのは、二〇一一年の夏でした。二人で飲む約束をしたつもりだったのに、髪の長い、ギラギラした目つきの若い女性を彼はつれていました。

「僕の仕事を手伝ってくれている××さん」

Sは女性を、そんなふうに私に紹介しました。

女性が席をはずした折に、あいかわらずモテるんだな、と私がいうと、Sは困ったような笑みをうかべました。

「ちがうんだよ。いろんな女性の相談にのってあげていると、話を聴いてるだけじゃすまなくなっちゃって」

Sは、何回か転職したあと、音楽コンテンツをあつかう会社にいるはずでした。

「仕事もたいへんなんだろ?」

「うん、ラクではないね。仕事が終わってからいろんな子の相談にのったりしてるから、終電にまにあわない日も多いよ。」

「よく体がもつな」

「そりゃ、僕だってきついよ。でも、こういうのが僕の役割だと思うことにしている」

たしかにSの顔には、疲労の色がはっきりとうかんでいました。

「そういや、『ノルウェイの森』の映画、観た?」

私が訊ねると、Sはタバコの煙を吐いて、天井を仰ぎました。

「ひどい映画だったよ。でも、緑をやった水原希子がよかったから、ぜんぶ許すことにした。例の場面を彼女、とってもうまく演じてたから」

《この章を理解するための年表》

一九七九年	エズラ・F・ヴォーゲル『ジャパン・アズ・ナンバーワン』がベストセラーに
	村上春樹、『風の歌を聴け』で群像文学新人賞受賞
一九八三年	このころからバブル経済始まる
	日米貿易摩擦深刻化
一九八四年	山崎正和、『柔らかい個人主義の誕生』刊行
一九八五年	おニャン子クラブ、結成
一九八七年	村上春樹、『ノルウェイの森』刊行、ミリオンセラーに
一九八九年	村上春樹、『村上朝日堂はいほー!』刊行
一九九二年	バブル経済崩壊
二〇一〇年	トラン・アン・ユン監督『ノルウェイの森』公開

第八章——なぜ春樹は授賞式でTシャツを着るのか？

授賞式でTシャツを着る意味

社会人向け講座で春樹についてお話したときのことです。私より一〇歳ぐらい年上の女性から、こんな質問を受けました。

「村上春樹って、これまでぜんぜん、いやな人とは思っていなかったんです。でも、カタルーニャ国際賞でしたっけ、あのときの受賞スピーチで、反原発演説をしているのを聴いて、微妙に反感をおぼえました。

宮崎駿とか、ほかのクリエーターは、原発事故に意見があるなら、すぐにメッセージを出したじゃないですか。それなのに春樹さんは、何カ月もたってから、いきなりあんな物議をかもすようなことを、しかもわざわざ外国でいうなんて。ほんとうに被災地のことを思っているのだろうかと疑う気持ちになりました。

それに、自分の考えを真剣に訴えるなら、格好もきちんとすべきだろうって。国際的な賞の授賞式なんだから、ネクタイぐらい締めればいいのに、あのときの春樹さん、ジャケットは着てたけど下はTシャツで、スニーカーかなんか履いてましたよね。私もどちらかといえば、脱原発派なんですけど、あの場であういう格好でそれを主張するっていうのは、いったいどういうつもりなんでしょうか?」

春樹に対する、この女性とおなじような不平を、じつは何人もの人から聴きました。脱原発演説そのものの内容は別として、海外で、あまりにカジュアルな服装であのような発言をしたことに、納得できないというわけです。

春樹は、二〇〇六年にフランツ・カフカ賞を受けたときも、二〇〇九年にエルサレム賞を与えられたときも、ネクタイを締めて授賞式にのぞんでいました。

作家やジャーナリストや大学教員は、公式な席でもわざとカジュアルな服装をして、「自由人」であることをアピールする――そういう風潮がヨーロッパにはあります。たとえば、経済政策に関するシンポジウムを開催すると、官庁や企業から派遣されてきた報告者は、スーツにネクタイで登壇します。これに対し、学者やジャーナリストは、柄物のシャツを着てネクタイを締めず、ジャケットも身につけていなかったりします。

情報収集能力にすぐれた春樹のことです。授賞式列席者の中核をなしている「ヨーロッパのインテリ」が、どういうよそおいをすれば好感をおぼえるか、しっかり把握していたにちがいありません。国際的な賞を受けるのも三度目ということで、「何はともあれ、きちんとした格好をしなくては」というプレッシャーからも、解放されていたことでしょう。

カタルーニャ国際賞授賞式に列席していた人びとにとって、春樹のよそおいは、不快なものではなかったはずです。しかし、現地の「ヨーロッパのインテリ」と服飾意識を共有していない日本の人びとにとって、あのときの春樹の服装は、共感できないものだったといえます。

「国際的名声」のわな

日本文化の伝統に触れつつ、「脱原発」を明確に打ちだしたスピーチの内容も、ヨーロッパの人びとを強く意識したものでした。

ヨーロッパ各国は、チェルノブイリ原発の事故で、巻き添えになるかたちで被害を受けました。このため、放射性物質を撒きちらした「当時国」としてどのような責任をとるか、という視点から、日本を見つめている人びとがヨーロッパにはいます。そうしたまなざしに、春樹はおそらく応えようとしたのでしょう。

日本人のほとんどが、自分たちを原発事故の「被害者」だと見なしています。近隣諸国に放射性物質を拡散させ、汚染の不安をおよぼした「加害者」という意識は希薄です。

巻き添え被害をもたらした「当時国」の代表、という立場を春樹が積極的に引き受けたことは、尊敬に値します。ただし、春樹があの場で何を背負っていたのかは、多くの日本人にとって、説明されなくてはわかりません。さらに、ヨーロッパの人びとのまなざしだけでなく、日本国内の被災者の心情にも配慮していることを、春樹はスピーチのなかでしめしませんでした。

服装だけでなく、スピーチの内容の面でも春樹は現地の空気しか読まなかったのです。そのせいで、一部の日本人の反感を買ってしまいました。

第四章にも書きましたが、春樹の小説は、「作者の主張」を読者に押しつけてきません。ディズニーランドのアトラクションのように、読者に作中世界を体験してもらい、その体験の意味は読者それぞれが自分で考えるように仕組まれています。こうした小説を書くことで、思想や立場を異《こと》にするさまざまな読者を引きつけてきたのが、春樹の強みでした。

けれども、国際的に有名な作家となった現在、政治や社会にかかわる意見をあいまいにしておくのは困難です。有名作家に「良心的知識人の代表」としての役割を期待する風潮が、欧米にはまだのこっているからです。そうなると、これまで小説においてつかってきた戦略にも限界が生じてきます。

国際的な作家として活躍のステージをもう一段あげるため、春樹は正念場に差しかかっているといえます（この点については、第一一章と最終章で、別の角度から検討します）。

「だれもが知っている有名なもの」が生まれない時代

社会的な重要なことがらについて、みずからの見解を明確にしなければならない——そうなった場合に躓《つまず》きの石となるのは、海外と国内の「文脈」のちがいだけではありません。

かつては日本中で「だれもが知っている有名なもの」や「だれもが一致して達成すべきと考える社会的目標」が共有されていました。たとえば、アンチもふくめて、ほとんどの日本人が、プロ野球の巨人軍に関心を持っていました。また、与党の支持者も野党のシンパも、「日本人を二度と戦場におくりたくない」と考えている点は、変わりませんでした。アメリカと仲よくするのと距離をおくのと、どちらが戦争のリスクを減らせるか、「目標にいたる過程」についての判断のちがいがあっただけです。

「有名なもの」や「社会的な目標」が共有されなくなったことには、原因がいくつかあります。第四章で触れた「伝統的な生活様式の崩壊」もそのひとつです。それ以外では、テレビがかつては一家に一台しかなかったことの影響も、見のがせないと思います。

子供のころ、どこがいいのかまったくわからないオバさん演歌歌手に、うっとり見とれている母親の姿を、私は何度も見かけました。日本と直接かかわりのない戦争のニュースに、父親が眉をしかめていたのもおぼえています。そうした体験を通じて、「自分には関心がないが、世間的には有名だったり重要だったりするもの」が存在することを、学んだ気がします。

現在では、自分専用のテレビ受像機をたいていの人間が持っています。個人的に関心のないものを、否応なしに目にする機会は激減しているのです。

こうした時代には、「だれもが知っている有名なもの」はなかなか生まれません。一人ひとりは自分の好みや関心に没入し、ほかの選択があることをほとんど意識さえしないのです。自分とちがう嗜好や理念の持ち主に対しては、まったく関心が持てないか、やみくもに反発するかのいずれかです。これでは、「社会的目標」の共有がむずかしくなるのも当然です。

ＡＫＢ48などは、現代において「だれもが知っている有名なもの」となりえた稀有の例といえます。何十人もアイドルを集めてくれば、だれだってそのなかにひとりぐらい「好みのタイプ」を見つけられるだろう――そんな「巧妙な反則」が、ＡＫＢ48のやりくちです。

まんがやアニメでも、近年のメガヒット作は『ＯＮＥ　ＰＩＥＣＥ』をはじめ、ほとんどが群衆ドラマです。これもＡＫＢ48と同様の「巧妙な反則」――主要人物がたくさん出てくれば、だれでも「共感できるキャラクター」を見つけられる――が、働いた結果と考えられます。

「作者の意見」を表に出さず、アトラクションのように作品世界を読者に体験させるという春樹の小説戦略も、ＡＫＢ48とはまたちがった「巧妙な反則」でした。しかし、国際的作家として、社会的に責任ある発言をするとなると、はっきりと方向を打ちだす必要にせまられます。この場合、「体験型アミューズメント」を提供するという戦略も、ＡＫＢ48のノウハウもつかえません。

春樹は、神戸の震災やオウム事件といった国内の事件について意見を表明してきました。けれども、これまでの彼は、立場によって意見が大きくわかれるようなことがらには触れることはありませんでした。

現在の春樹は、以前ならコメントすることを避けていた問題にも、意見をもとめられる存在です。おそらくこのとき、日本国内の空気を厳密に読んだうえで発言したとしても、春樹の小説ほどにひろく支持されることはありえません。

作家としての評価が海外でも高まったがゆえに、日本国内でもどういうボールを投げたらいいか、春樹はむずかしい選択をせまられているのです。

『平清盛』の視聴率が悪いのはなぜか

現在の日本におけるターゲット設定のむずかしさを象徴する出来事が、二〇一二年のNHK大河ドラマ、『平清盛』の低迷だと私は感じています。

大河ドラマは、緒形拳が主演していた『太閤記』のころから、「企業戦士と、それを内助の功で支える妻」の理想像を提示することで人気を得てきました。けれども『平清盛』に登場する清盛は、若年のころはゴロツキ同様のうすぎたない顔をして、海賊まがいのことをやっています。平氏の棟梁になってからも、「大手企業の辣腕社員」というより、「ベンチャー企業のリーダー」といったおもむきです。そして、日本の企業人や公務員の多くは、ベンチャー起業家に生理的な反感を持っています(ホリエモンのあつかわれかたを思い起こしてください)。

その清盛の宿敵・後白河院は、若いころには〝今様《いまよう》〟——いまでいったらヒップホップといった感じでしょうか——にのめりこんでいたという異色の帝王です。玉座にのぼったのちは恐るべき策謀家となり、何度も幽閉されながら、権力への執着を亡くなるまで捨てませんでした。

日本史上の有名人物だけに、これまでも多くの俳優によって後白河は演じられてきました。そこで確立された標準的なイメージは、

「若いころは芸術青年で、中年以降に老獪な政治家に変貌した人物」

というものです。こういう人間なら、ふつうのサラリーマンにも理解できます。学生時代、芸術にのめりこみ、反権力を掲げていた人が、中年になって出世欲いっぱいの陰謀家に変わるというのはありふれた物語だからです。

ところが、『平清盛』の後白河は、帝となったのちも突然キレたり笑いだしたり、得体が知れません。もの書きや学者には、こういうタイプがときどきいますが、ふつうの企業ではまずやっていけないでしょう。

ほかの主要人物たちも、狂気とすれすれの個性派ぞろいで、サラリーマンなどつとまりそうにありません。これまでの大河ドラマとおなじく、「企業戦士と、それを内助の功で

支える妻」の姿がしめされると期待していた人びとは、『平清盛』に裏切られる思いがしたはずです。このドラマが、低視聴率に喘いだのもうなづけます。

反面、この作品には、近年の大河ドラマにはめずらしいほど熱狂的なファンもいました。その中核にいるのは、専門職など、サラリーマンとはちがうなりわいをもっている男性、それから、男女雇用機会均等法の施行後に社会に出て、キャリアを築いた女性です。企業戦士の論理にも、それを内助の功で支える妻のモラルにも、かかわりのない人間から見ると、このドラマはたいへん魅力的なわけです。

たいていの「低視聴率番組」には、自分は好きで見ていたとしても、「よっぽど変わった趣味の人にしかウケないだろうなあ」と思わせる部分があります。反対に、ごく限られた範囲のなかであれ、熱狂的なファンのいる作品には、「ツウにはたまらないだろう」という面をふつうは見いだせます。

しかし、『平清盛』に関しては、支持する人と支持しない人それぞれが、自分と反対の感想を持っている人を、まったく理解できないようです。日本人の嗜好や思想信条には、ほんとうに共通の基盤が存在しなくなったのだなと、このドラマについてだれかと話すごとに痛感します。

『1Q84』とフェイスブック

かくいう私も、企業に勤めた経験はありません。そのせいか、かなり熱中して『平清盛』を見ていました。おもしろいと思わない人の感覚を想像はできても、

「こんなに見せ場だらけのドラマに退屈する人間がいるなんて、信じられない！」

というのが実感でした。

とはいえ先日、私の実感がいかに狭い範囲にしか当てはまらないかを、思い知らされる出来事がありました。

私はある集まりに出席し、村上春樹の小説をぜんぶ読んでいるという、二〇代の女性と言葉を交わしました。話題が『1Q84』におよんだので、私は、

「あれは春樹の長編のなかで、ただひとつの駄作だと思います。過去の自作にでてきたモティーフの、できの悪い寄せ集めです。文章も、春樹にしてはよくないし」

と断言しました。するとその人は、

「わたしは好きとしかいえないですけど……」

と遠慮がちにつぶやきました。

「小学校のときに別れたきりの恋人と再会なんて、どんだけ大甘なんですか」

その場にいた、私と同年代の女性が切りこむと、

「なんか、因果がめぐりめぐって、みんなどこかでつながってるという感覚が、わたしたちの世代にしてみればすごくリアルなんですよね……」

そんなふうにいわれて、私は虚をつかれる思いがしました。

「そういえば私もこのあいだ、中学時代の知りあいと、フェイスブックで三〇年ぶりに連絡がとれたということがありました。青豆と天吾が再会するのは、あの感覚なんですね!」

私がいうと、はにかむような顔をしながら、その人は静かにうなづきました。

いちおう私も、ツィッターもフェイスブックもやってはいます。しかし、文学上の趣味を確立したのは、そうしたものがあらわれるはるか以前です。自分の感覚がいかに古いものであるかを、その人の言葉によって私は教えられました。

同時に、第二章でものべた、春樹のメディア感覚の不気味なほどのあたらしさを思い知らされました。私よりほぼ二〇歳年上なのに、私よりほぼ二〇歳年下の若者と、教えてもらわなければ私がわからないところで共感しあっているのですから。

ここに書いたような「曲がり角」も、春樹は奇想天外な手で乗りこえるかもしれません。

個人的には、仏教思想を春樹なりに援用することで、解決をはかるのではないかと予測しています。この点については、最終章でくわしくお話しするつもりです。

ちなみに、ノーベル賞の授賞式は、男性なら燕尾服か民族衣装の礼装（日本人の場合、紋付袴）の着用が義務づけられています。もし、ノーベル文学賞を取ったとしたら、さしもの春樹も、Tシャツ姿で受賞スピーチをするわけにはいかないはずです。

《この章を理解するための年表》

一九八六年	チェルノブイリ原発事故
一九九七年	尾田栄一郎、『ONE PIECE』の連載を開始
二〇〇五年	AKB48、結成
二〇〇六年	村上春樹、フランツ・カフカ賞受賞
二〇〇九年	村上春樹、エルサレム賞受賞
二〇一一年	東日本大震災
	村上春樹、カタルーニャ国際賞受賞

第九章——

なぜ春樹は「走ることについて語るとき」力むのか?

「秘密の花園」はどこにもない

先日、知り合いの誘いで、経営学者の楠木建さんと、投資ストラテジストの広木隆さんのジョイント講演会に出席する機会がありました。

楠木さんには、拙著『光源氏になってはいけない』の帯に推薦のことばまで書いていただくなど、ひとかたならずお世話になっています。経営学者でも投資家でもない私がこのイベントにお邪魔する気になったのは、ひとえに「ご恩のある楠木さんの講演だから」でした。

けれども講演の内容は、文学研究者である私にとってもたいへんに刺激的でした。楠木さんも広木さんも、

「無理に『他人とちがうこと』をしようと思うな！」

「『必殺技』の一撃で勝とうとするな！」

ということを、なんども強調しておられました。

まだ、だれも気がついていない画期的なアイデアによって、決定的な優位を築くのが経営の極意である――ふつうの人はそう考えます。自分だけが知りえた情報によって、ドラマティックに利益を出すことを、夢想しない投資家もいないはずです。

そうした「華麗なる勝利」を目指しているかぎり、成功はおぼつかないと、楠木さんと広木さんはいうのです。

世界のいたるところにウェブ情報網がいきわたり、だれもがどこからでもニュースを発信できるのが現在です。そうしたなかで、画期的な経営上のアドバンテージを手にしても、かつてとはくらべものにならないほどの早さで競合相手に模倣されます。価値の大きい情報を、個人や一企業がながく独占することも不可能です。

「この場所を見つけたら、いつまでも利益を出せるという、『秘密の花園』はもはや存在しない」

それが、楠木さんと広木さんの結論でした。エントロピー的拡散がケタちがいに加速された結果、経営や投資の世界は、ひとつの武器だけでは勝ちぬけないフィールドになったのです。

だったら、どうすればいいのだ――当然、そういう疑念が生じてきます。楠木さんはこの問いに、

「細部が緊密につながったシステムを構想できる、『センス』を身につけること」

と答えていました。

楠木さんのいう「センス」とはどのようなものなのか、私は次のように理解しました。プロスポーツの世界も、昨今では経営や投資と似たことが起こっています。ビデオやコンピュータをつかったプレー解析が導入され、「必殺技」の耐用年数が、どんどん短くなっています。

二一世紀のプロスポーツで成功するには、「必殺技」にたよらず「総合力」で勝負しなければなりません。こうした「総合力」勝負で大切なのは、球威、コントロール、戦局の読みといった「部分的能力」を、スムーズに連繋させる力です。三振よりもダブルプレーが必要な場面で、バッターがかすりもしない剛球を投げたりしていては、安定した活躍はのぞめません。

おそらく、楠木さんが「センス」と呼んだのは、「総合力」勝負のキモとなる「連繋させる力」のことです。

「すぐれた経営者の発想をたどることは、センスを磨くのに役だつ」

と楠木さんはおっしゃっていました。このことばも、「センス」を「連繋させる力」だととらえるなら腑に落ちます。すぐれた経営者の発想をたどることは、「部分」を連繋させるプロセスを追体験することになるからです。

最強の「センス」の持ち主

じつは文学の世界も、「必殺技」だのみでは生きのこれないフィールドになりつつあります。

第六章でお話ししたように、かつての文学者は、「ふつうの人がやりたくてやれないこと」をやってみせることを期待されていました。実生活でのそうしたふるまいと、作品の両面で、「この世を超えたすごいもの」を読者にしめすことが、「作家の使命」でした。裏を返すなら、その使命をやりとげさえすれば、「プロの文学者」としてみとめられることが可能でした。

九〇年代半ばぐらいから、文学者はそういった役割をもとめられなくなりました。はっきりとした「社会的使命」を失って、現代日本の文学は、迷走状態にあります。

さらに、パソコンの発達によって、印刷や製本が簡便になり、自分の文章を不特定多数の他者に公開することが容易になりました。その結果、同人誌市場が発達し、ときには有名なプロ作家が、同人誌に執筆するケースも増えています。

このように、文学的著述における「プロ」と「しろうと」の区別は、いまではきわめてあいまいです。

「これを満たせばプロといえる!」

という絶対的基準はもはやありません。

こうした時代に、「文学的著述のプロ」として生きのこるために必要なのは、やはり「総合力」です。文章にたくみであるだけでなく、情報収集能力やセルフプロデュース能力、体調管理もふくめた自己管理能力が必要になってきます。

これも第六章でのべたことですが、春樹はデビュー当初から、

「この世を超えたすごいものを見せる」

という「必殺技」にたよらない作家でした。着実なペースで執筆できるよう、周到に体調やスケジュールを管理していることは、よく知られています。情報感度が高く、セルフプロデュースに意をもちいていることも、本書のなかで何度ものべました。

春樹は、文学状況の変化にさきがけて、「総合力」勝負を選択した稀有の作家なのです。

その結果、大きな成功をおさめたわけですから、「センス＝『部分的能力』をつなげる力」も抜群です。

第四章でお話ししたとおり、春樹の小説は、

「作者の思想信条が盛られた容器」

ではありません。

「読者がなかに入りこんで楽しむ、体験型アミューズメント」

としてあつかうのが妥当です。

ほかの作家に対するコメントを見ると、春樹が文章技巧に精通していて、いつでも「名文」を書けることはあきらかです。にもかかわらず、彼の小説には、いわゆる「名調子」はいっさい出てきません。作中世界に読者をすっぽり入りこませ、一体化させるには、過度の文章の美しさは邪魔になる——春樹は、そう考えているにちがいありません。この点だけを見ても、春樹が突出した「センス＝『部分的能力』をつなげる力」の持ち主であることがわかります。

「作家のメタファー」としての長距離選手

春樹は長年、マラソンやトライアスロンに挑戦しています。マラソン・ランナーについても、印象ぶかい文章をいくつかのこしてもいます。

「素顔の犬伏は職業的マラソン・ランナーには見えない。いわゆる「体育会系」という雰囲気でもない。何に見えるかというと、クールで個人的な、独立心の強い、特殊技術の専門家のように見える。その技術はあまりにも特殊な種類のものなので、一般の人にいちいち説明する気が起きないのだと言いたげな感じだ。自分が十全に他人に理解されることを、最初からとくに期待してはいない。説明できないことなんだから、わかってもらえなくても仕方ないと心の底で思っている。そういう印象がある。傲慢というのではない。ただ相手との間に、あくまでリアリスティックに、適度の距離を置いているだけだ」(『シドニー!〈コアラ純情篇〉』)

シドニーオリンピックの男子マラソン代表だった、犬伏孝行の描写です。この文章は、「マラソンを愛好する小説家が、トップランナーを好奇のまなざしで見ている」というのと、あきらかにおもむきがちがいます。いくら春樹が「大作家」だからとはいえ、実在する他者の内面について、ここまで「知ったふう」なことを書いていいのか。読みながら、そんな疑念さえわいてくる叙述です。

私の想像では、「総合力勝負の小説家」という、前例のない存在を構想するうえで、春樹はマラソン・ランナーからイメージを借りています。先の引用文のなかの「特殊技術の専門家」とは、じつは「小説家」のことではないでしょうか。春樹は犬伏に託して、自分を語っているのです。

引用したくだりの少しまえ、長距離ランナーのフォームに言及した部分に「彼らは普通でないサーキットに入り込んでしまった人々なのだ」という一節が見られます。別の著作のなかで、

「小説を書くというのは、一種の非現実的な行為なので、ある時期きっぱりと日常を離れることがどうしても必要になる」(『意味がなければスイングはない』)

とのべていますから、マラソン選手と小説家のあいだに共通するものを、春樹がみとめていたことはあきらかです。

そんな春樹が、『走ることについて語るときに僕の語ること』を書いたのは当然といえます。実際、春樹はこの本を「走ることを通した自叙伝」と呼んでいます。しかし、『走ること……』は、犬伏について書かれた文章のようには、私の心にせまってきません。

他人に託して自分を語る場合、ふだんなら口にできないような心の深いところまで、衒《てら》わずにのべることが可能です。「他者」というフィルターをもうけたほうが、かえって「偽らない本音」をいえるのです。犬伏という「長距離ランナーの孤独」をとおして、春樹は自分という「小説家の孤独」を語り、読む者の心を揺さぶります。

これに対し、『走ること……』のなかでの春樹は、身がまえているように感じられます。マラソンという競技への敬意が強すぎて、「自分のようなアマチュアランナーが、こんなことを書いて大丈夫だろうか?」と疑っている様子が見えるのです。そのせいか、この書物を公表する意義や、「走ること」についてどれほど真剣であるかについて、肩ひじを張って説明しています。

ジャズよりもクラシックの評論がいい理由

おそらく春樹は、まじめな人なのでしょう。マラソンにかぎらず、「しろうと」として気楽に語れないことがらを正面から論じるときには、妙に力みかえる印象があります。

たとえば、クラシックやロックについては、春樹はじつに的確にコメントします。ところが、ジャズに対する態度や発言には、ときどき首をかしげたくなることがあります

（『ポートレイト・イン・ジャズ』で、超有名演奏家については、わざと「本音の評価」がつたわらない書きかたをしているところとか）。

専業作家になるまで、ジャズを聴かせる店を経営していたわけですから、春樹は「ジャズのしろうと」ではありません。その自覚が、ジャズについて書くときの筆のはこびを、ぎくしゃくさせているように見えます。

のびのびと「しろうと」の立場に身をおいて、「書くプロ」の技量を発揮したときの春樹は、じつに鮮やかに音楽を語ります。たとえば、内田光子のシューベルトを評した文章。「彼女の演奏の枠の捉え方が、曲自体の生体枠に比べていささか大きすぎるような気がする。音楽の生活圏が、無理に拡大されているような雰囲気がある。彼女のこのニ長調のソナタの演奏はよく練られ、考え抜かれたものだし、音楽的な質も高いし、構築もしっかりしているし、音楽的表情もちゃんとあるのだけれど、そのわりに人肌の温かみが伝わってこないきらいがある」（『意味がなければスイングはない』）

内田光子がシューベルトを弾くのを、私も生で聴いたことがあります。会場は、サントリーホールの大ホールでした。

内田は、大会場でたくさんの聴衆に向けてシューベルトを弾くことに、何のためらいも感じていないようでした。けれども、シューベルトのピアノ曲は、内輪の集まりか、聴衆のいない自室で演奏されることを、第一に想定して書かれています。公衆の存在がさいしょから考慮に入っている、ベートーヴェンやショパンのソナタとはちがう音楽なのです。内田のほかにも、大会場向けのスタイルで、シューベルトを演奏するピアニストはいます。ただし、それらの演奏家は、楽曲と相いれない弾きかたをすることを自覚し、それなりの工夫をおこなっています。内田のシューベルトから、そういう配慮は感じられませんでした。

そのときおぼえた違和感を、春樹は的確にことばにしてくれています。内田が弾くシューベルトはさまざまに論じられていますが、こんなことをいっているのは春樹ひとりです。ところが、小澤征爾との対談では、肩に力が入りすぎて空まわりしています。

「世界的な大指揮者と話をするのだから、あんまりしろうとくさいことはいえない」

という意識が働いたのでしょう。春樹は一生懸命、「くろうとっぽいことば」で語ろうとしています。そのあげく小澤に、

「僕はね、音楽を勉強するときには、楽譜に相当深く集中します。だからそのぶん、というか、ほかのことってあまり考えないんだ。音楽そのもののことしか考えない」

といわれてしまっています。小澤は、

「プロの音楽家は、ことばで音楽を考えない」

といっているわけですから、くろうとっぽく見えるようにことばをもちいてきた春樹は、はしごをはずされたも同然です。

「自分がそこにいると感じられる」ために仕事をする

「評論家」としての春樹がしくじるのは、きまって「『しろうと』と思われたくない!」という意識にとらわれたときです。一般的にいって、成果をあげることよりも「自分がどう見えるか」に意識がいってしまうと、ものごとはうまくいかなくなるようです。

そういえば、楠木さんのセミナーで、こんな質問をした人がいました。

「やっぱり最終的には、だれもやってないようなすごい戦略を、どうやって立てられるかが大事じゃないですか?」

その人の挑みかかるような口調を聴いて、私は思いました。

「きっと、『大したヤツ』であることを証明するために、鮮やかに勝ってみせたいと思ってるんだろうなあ……」

自分を誇示するために勝とうとすると、どうしてもはっきりとしたアピールポイントをつくりたくなります。それは結局、「センス=連繋力」よりも、「必殺技」を重く見ることにつながります。

楠木さんに質問した人は、「大したヤツ」と思われることをもとめていたので、「必殺技」を否定されて、おもしろくなかったのでしょう。けれども、「他人にどう思われるか」にとらわれると、村上春樹ですらつまずくのが現実です。

かといって、たいていの人間は、他人に自分の価値をみとめさせるために勝利を目指します。そこをあきらめてしまったら、何を仕事のモチベーションにすればいいかわからない、という人も多いはずです。

「ひどく苦しい。しかし苦しいことは私の不幸ではない。逆に楽なことは私の幸福ではない。もっとも大事なのは、自分がそこにいると感じられること、本当に心の底から感じられること。重要なのはそれだ」(『シドニー! 〈コアラ純情篇〉』)

バルセロナオリンピックの女子マラソンに挑む有森裕子を描いた、春樹の文章の一節です。ここでも春樹はおそらく、有森に仮託して、小説家としての自己を語っています。

「『大したヤツ』だと他人に思われる」ためではなく、「自分がそこにいると感じられる」ために仕事をする――そういう人間こそ、一流の成果をあげられるのでしょう。将棋の羽生善治も、

「タイトル戦の終盤、すごい強敵を相手に、死にそうに疲れはてながら将棋を指している

と、生きてるってことをつくづく実感する瞬間がある。その瞬間を味わいたくて、自分は将棋をつづけている」

といっています。

《この章を理解するための年表》

二〇〇〇年——シドニーオリンピック

二〇〇一年——村上春樹、『シドニー！』刊行

二〇〇五年——村上春樹、『意味がなければスイングはない』刊行

二〇〇七年——村上春樹、『走ることについて語るときに僕の語ること』刊行

二〇一一年——村上春樹、小澤征爾との共著『小澤征爾さんと、音楽について話をする』刊行

第一〇章——なぜ春樹は他人のトラウマを借りなくてはならなかったのか？

芸術は爆発か？

昔、予備校で教えていた女性に、いっぷう変わった人がいます。二年か三年に一度、その人から「助川さん、こんど、お茶しませんか？」というお誘いのメイルが届きます。

その人は、アニメの制作会社で何年か働いたあと、フリーターをしています。アニメをつくっていた会社で同僚だった彼氏と二人暮らしで、彼氏は私と同い年だそうです。

「彼がやってるのは、おもに原画を描く作業ですね。困っちゃうのは、凝り性なんで、年をとればとるほど手がおそくなるんですよ」

このまえお茶をごいっしょしたとき、その人はそういってため息をつきました。

「アニメの原画は、一枚描いていくらなんですよ。当人は『どうすればもっとよくなるかわかってて、はんぱなことはやれない』とかいってますけど、経験をつんでうまくなってるのに収入が減るのは、見ていてつらいです。それに、仕事の選りごのみが激しくて、自信が持てるタイプの絵しか描こうとしなかったり」

専門外のテーマについての講演や執筆を、深い考えもなく引き受けてしまう私は、申し訳ないような気分になりました。

「で、彼氏さんは、どういう絵の依頼ならオーケーなの？」

その人は、グラスの水をひと口飲んでから答えました。

「爆発です。『人間の顔なんて俺には描けない。自分で納得して描けるのは、爆発の絵だけだ』っていつもいっています。女の子の顔とか、よく頼まれるのに、ぜんぶことわっちゃうんですよ」

なるほどねぇ、と私がつぶやくと、その人はけげんそうな顔をしました。

「何が、『なるほど』なんですか？」

その口ぶりには、

「本気でアニメをつくってる人間の気持ちを、あなたはわかるんですか？」

という抗議の調子がありました。私は、なるべく声を落ちつかせて説明をはじめました。

「八〇年代にも、腕ききのアニメーターはたくさんいたけど、『この世を超えたすごいもの』が、アニメであらわされるようになったのは九五年ぐらいからじゃないかな?『この世を超えたすごいもの』を見せるのを、近代以前は『宗教』が担当し、近代になってからは『芸術』がやるようになった。つまり、アニメは九〇年代に、『芸術』とおなじことをやりはじめた……」

私が話すのを、その人は冷やかなまなざしで見ながら、氷の入ったグラスを二度ふって、またひと口飲みくだしました。私は不安な気持ちで先をつづけました。

「宮崎駿は、『この世を超えたすごいもの』をときどきアニメで見せてたけど、『確信犯』とはいえなかったと思う。そういうことを意識的にやりはじめたのは、『新世紀エヴァンゲリオン』の庵野秀明あたりからでしょう。爆発のまえに、一瞬の「ため」としての静寂をつくるとか、『エヴァ』のころから爆発の描写は大きく変わった。それとおなじ時期に、樋口真嗣の平成版『ガメラ』なんか出て、特撮の世界でも『この世を超えたすごいもの』を見せることがどんどんやられるようになった」

私の話が終わると、その人は下を向き、レモンスカッシュをストローですすっていいました。

「私の彼は、庵野さんが好きでアニメの世界に入ったんです。いま、新劇場版の『エヴァンゲリオン』の仕事をもらって、大喜びしてます」

それを聴いて、深く納得しながら私はつづけました。

「これまで『宗教』や『芸術』がやってきた、『この世を超えたすごいもの』を提示することが、アニメや特撮でやれる——そういう感覚は、六〇代以上の人にはふつうないんだよ。反対に、あなたのような三〇歳になったばかりの人には、うえの世代が持っているような『芸術』に対するこだわりがない。『俺はアニメや特撮をやって、『芸術』にしかできないことをやってる』という感動にふるえるのは、たぶん四〇代と五〇代の特徴なんだ。あなたの彼氏が、爆発を描くのにこだわってるのは、そのせいじゃないのかな」

私のことばにじかには答えず、その人はこういいました。

「助川さんと彼、同い年だからアニメの話をしたら盛りあがると思いますよ。助川さんのお好きな『(伝説巨神)イデオン』とか『(うる星やつら2)ビューティフルドリーマー』とか、彼も好きですし」

九〇年代における「純文学」小説の失墜

九〇年代半ばごろに、「純文学」小説の特権的な地位が失われたことは、すでにのべました。

それと時期をおなじくして、クラシック音楽や前衛美術の権威も、世界的に低下しはじめました。「芸術」全般にわたってこうした変化が生じた原因は、ひとつではありません。ただし、もっとも根本的な理由は、「途上国の原料を先進国に運んで加工し、世界中に売る」という、一九世紀以来の生産システムが限界に達したことにあります。このシステムは、一九七三年のオイルショックによって決定的な打撃を受け、東西冷戦が終結した九〇年代には破綻を隠せなくなりました。

「芸術」と呼ばれてきたものは、この「寿命の尽きたシステム」に対応したものでした。工場で製品をつくったり、そうしたものづくりがスムーズに運ぶようサービスをしたりする、先進国の労働者――そんな彼らに、「この世を超えたすごいもの」を見せる装置が、近代の「芸術」だったのです。

近代以前に、「この世を超えたすごいもの」を人びとに提供していたのは、「宗教」でした。一般庶民が工場や会社で働くようになると、上役からの命令を理解する力をつけさせるため、万人に対して教育がほどこされるようになります。結果として、「宗教」の非合理的な部分に疑いの目を向ける人びとが、民衆のなかにもあらわれはじめます。こうして機能不全に陥った「宗教」の役割を、「芸術」が代行するようになったわけです。それでも、美術展やクラシック音楽のコンサートが宗教的セレモニーにいかに似ているかは、さまざまなかたちで指摘されています。

王侯貴族が「宗教」を支配に利用したように、近代社会の支配層も、「芸術」につうじていることを、庶民のうえに立つ資格のあかしとして振りかざしました。

「『この世を超えたすごいもの』を、一般の人びとよりわかっている我らエリートこそ、この世を管理するにふさわしい」

というわけです。支配者の権威を高めるため、「芸術」が動員されることもしばしばありました。その代表例が、レニ・リーフェンシュタールが監督した、ナチスの党大会やベルリン・オリンピックの記録映画です。「成功者が身につけるべき文化＝教養」に、重い役割が与えられていたのは、こうした事情があったためです。

いまでは工業生産は、おもに新興国でおこなわれています。先進諸国では、だれもがおなじ知識を共有する意味が、いちじるしく低下していています。命令を理解するための素養を、みんながひとしく備えている——そのことに立脚した「芸術」や「教養」が、機能しなくなるのも当然です。

だからといって、「この世を超えたすごいものに触れたい」という欲求を、先進国の住人が持たなくなったわけではありません。たとえば、「自分を苦しめる『この世』を、まるごと吹きとばしてくれるような『すごいもの』を求める人間」は、いつの時代にもいます。

そこで、既存の「芸術」にかわって、別の分野でそれを満たそうとする動きがあらわれました。そのようにして生まれたのが、『新世紀エヴァンゲリオン』や平成版『ガメラ』だったのです。『エヴァ』のテレビ放映がはじまったのも、平成版『ガメラ』の第一作が公開されたのも、一九九五年です。

村上春樹は「純文学」作家をはかる尺度ではつかまえきれない作家です。「この世を超えたすごいもの」を見せる装置とは異質の、「体験型アミューズメント」として小説を書いていることは、第四章でのべました。

こうした個性を持つゆえに、芥川賞をのがすなど、春樹はキャリア形成のうえで不利も被りました。そのかわり九〇年代には、「純文学」の没落の影響をまぬがれ、かえって社会的存在感を増すことに成功しました。

こう書くと、九〇年代半ば以降、いっきょに「春樹の時代」が到来したような気がしてきます。しかし、ここまでのべてきたのとは別の意味で、世紀の変わり目のころの春樹は、危機を迎えていました。

「トラウマ告白本」全盛だった九〇年代

九〇年代後半からゼロ年代初頭にかけて、「作者自身のトラウマ的体験を告白した小説」が大量に書かれました。代表的な書き手としては、田口ランディや柳美里がいます。「トラウマを背負いこんだ主人公が、そのために精神に異常をきたし、犯罪者となる」という展開をたどるミステリー（「サイコ・スリラー」と呼ばれています）も、このころ盛況でした。

文学書だけでなく、有名人が出すエッセイも、不幸な過去を告白するというスタイルが流行りました。飯島愛の『プラトニック・セックス』は、なかでも反響が大きかった作品です。

こうした「トラウマ告白本」が、この時代に好まれた理由は、第七章で検討した「日本人の自己重要感」とかかわりがあります。

八〇年代の日本人には、自分の価値を過大に見つもる傾向がひろまっていました。バブルの時代には、平凡な二〇歳の女性が、誕生日に五〇万円の指輪をプレゼントされるようなことがしばしばあったのです。そうした状況のせいで「勘ちがい」をする人が、男にも女にもたくさんあらわれました。

バブルが崩壊すると、そうした「実態のない自己重要感」が満たされることはなくなります。だからといって、肥大した自己評価は、なかなかもとにもどりません。結果として、「私はもっと特別あつかいされていいはずだ。いまの世の中まちがっている!」

——そんなふうに叫びたい衝動を、多くの日本人がかかえることになりました。

けれども、「特別あつかいされたい」という「身もふたもない本音」を直視できる人間は少数です。そこで、「かわいそうな人物」の告白をひっぱりだし、

「こういう気の毒な人が生まれるのだから、いまの世のなかはおかしい!」

というぐあいに、不満を正当化する態度がひろまったのです。

「純文学」小説が特権的な地位を誇っていた時代には、「この世を超えたすごいもの」を読者に見せる力のみなもとは、作者の「霊感」だと思われていました。「トラウマ告白本」では、主人公のトラウマの爆発が、しばしば『この世を超えたすごいもの』を呼びこみます(たとえば、田口ランディの『アンテナ』や村上龍の『イン・ザ・ミソスープ』など)。「霊感」ではなく「トラウマ」が「この世を超えたすごいもの=芸術」を生む——そうしたイメージが、世紀の変わり目の日本にはいきわたっていたのです。

さきに触れた『新世紀エヴァンゲリオン』にも、「トラウマ告白本」とかさなる部分があります。この作品の主要登場人物は、そろって深刻な心の傷をかかえています。そうした「傷」のせいで、作中人物が戦闘メカを暴走させ、それが「この世を超えたすごいもの」の立ちあがる場面になったりします。

春樹は、「私小説」の伝統に異を唱え、「物語」の力をずっと主張しています。この世代の作家にはめずらしく、自分の「心の病」についても多くを語りません。「トラウマ告白本」を書くことは、春樹のポリシーにあきらかに反しています。そうした類いの話ばかり売れる状況を、好ましく思っていたはずはありません。

壁にぶつかる六二個の卵

この「逆境」に対応するために春樹が編みだした戦略は、天才的としかいいようのないものでした。

一九九七年、春樹は『アンダーグラウンド』を発表して、世間をおどろかせました。それまで、日本社会を正面から論じることを避けてきた作家が、地下鉄サリン事件の被害者のインタビュー集という、なまなましい現実に触れる著作を刊行したからです。

春樹自身は、この本を書く動機となった「私の知りたいこと」を「一九九五年三月二〇日の朝に、東京の地下でほんとうに何が起こったのか」だと明言しています。

「この地下鉄サリン事件が投げかける後味の悪い黒い影は、東京のアンダーグラウンドの闇をとおして、私が自分で作り出した「やみくろ」という生き物(それはもちろん私の意識の目が見い出すものだ)とつながっているように感じられる。そのつながりも、私にとってては大きな意味を持つ、この本を書くにあたっての個人的なモチベーションだった」

とも書いています。にもかかわらず、

「結局のところ、村上の自注からは『アンダーグラウンド』という本を書こうと思った動機は、よく分らないと言わざるを得ないのである」(『村上春樹と一九九〇年代』)

といった声は絶えません。

私の見るところ、春樹が『アンダーグラウンド』にとりかかった動機は明確です。自分のトラウマを告白することなく、トラウマ本全盛の状況に対応するために、春樹は他人のトラウマを借りたのです。

『アンダーグラウンド』には、六二人の被害者の体験談が、熟練の小説家ならではの筆で克明にしるされています。とくに、サリン中毒の症状を、読者に体感的につたえる力には凄まじいものがあります。そのようにしてつみかさねられた六二人の「トラウマ語り」は、

地下鉄サリン事件という「この世を超えたすごいもの」を、鮮烈にうかびあがらせていま
す。

春樹は、自身のトラウマを語ることなく、

「トラウマによって『この世を超えたすごいもの』を見せること」

に、どんなトラウマ本もおよばないスケールで成功したのです。『ねじまき鳥クロニクル』のなかの「間宮中尉によるノモンハン体験談」などを書くことで、こうした「聞き書き」をまとめるノウハウを、洗練させていったのでしょう。


『アンダーグラウンド』に対しては、ノンフィクション作家の佐野眞一などが、

「被害者を『善人』としてしか描いていない。ノンフィクション作品としては、取材対象への踏みこみが甘い」

という批判を向けています。


しかし春樹は、この書物の続編として出版されたオウム信者へのインタビュー集『約束された場所で』のなかで、

「取材して肌身に感じたことがひとつあります。それは地下鉄サリン事件で人が受けた個々の被害の質というのは、その人が以前から自分の中に持っていたある種の個人的な被害のパターンと呼応したところがあるんじゃないかということです」

と語っています。実際、『アンダーグラウンド』の筆致は、事件の被害者にあくまで寄りそいながら、一人ひとりの人間性の可能性と限界を非情なまでにうきぼりにしています。それぞれが「サリンの匂い」をどのように感じたか、という点だけからも、被害者の「個性」はありありと読み手につたわります。非難がましいことはひとことも書かれていなくとも、取材対象の批評はしっかりおこなわれているのです。

ちなみに、この時期の春樹が「他人の声を身代わりにすること」に意識的だったというのは、小説からもうかがえます。

『アイロンのある風景』という短編(書かれたのは九九年)には、春樹の作品としてはめずらしく関西弁(いうまでもなく、春樹の mother tongue)を話す人物が登場します。この関西弁の使い手――三宅さんという画家です――は、近所に住んでいる顔見知りの順子と、こんなやりとりをします。

「じゃあ、いちばん最近はどんな絵を描いた?」

「『アイロンのある風景』、三日目に描き終えた。部屋の中にアイロンが置いてある。それだけの絵や」

「それがどうして説明するのがむずかしいの?」

「それが、じつはアイロンではないからや」

順子は男の顔を見上げた。「アイロンがアイロンじゃない、ということ？」

「そのとおり」

「つまり何かの身代わりなのね？」

「たぶんな」

「そしてそれは何かを身代わりにしてしか描けないことなのね？」

三宅さんは黙ってうなずいた。


九六年の『レキシントンの幽霊』にも、「ある種のものごとは、別のかたちをとってしか現われることができない」というフレーズが出てきます。「他人の声を身代わりにすること」の必要性を、九〇年代後半に春樹が感じていたことは、おそらくまちがいありません。

春樹の「僕」を、春樹その人の分身だと思って支持していた「ヨサクし」（第一章参照）は、こうした試みについていけず、裏切られたとさわいだりしていたわけです。

春樹がエルサレム賞を受賞したときの「壁と卵」演説にならうなら、トラウマ告白本の著者は、みずから壁に体をぶつけ、「私はここにいる！」と主張している人びとです。これに対し『アンダーグラウンド』は、壁にぶつかって割れた六二個の卵を、著者が冷徹に観察したレポートといえます。

春樹は正しかったのか

バブルの恩恵に、私が少しもあずかれなかったことは、これまでにも何度か書きました。しかし、バブル時代よりさらに私が困っていたのは、じつは九〇年代後半でした。告白すべきトラウマのない自分が、どうやって文学にかかわればいいのか、見当もつかなかったからです。当時は、批評や研究の世界にも、「苦しめられている人びと」の側に当事者として立つことができなければ、発言しにくい空気がありました。

二〇〇〇年代なかばには、物ごころがついたころにはバブルが終わっていた世代が大人になり、やり場のない「自己重要感」に根ざした文化も下火になりました。おかげで私も、文学研究業界の片隅に、何とか居場所を見つけることができています。

困っていたころの私は、春樹のように、起死回生の打開策を編みだすことなど、考えもつきませんでした。この章を書くにあたり、春樹のすごさをあらためて実感しています。

ただし、六二人のサリン事件の被害者は、あからさまに非難されていないぶん、春樹の筆によって批評されている自覚を持たないはずです。知らないうちに、人間としての限界をあばかれたうえ、迫真の地獄絵図のピースのひとつにされてしまう――少なくとも私は、そんな目に遭いたいとは思いません。

『アンダーグラウンド』は、春樹の異常な才能とともに、もの書きとしての「業」のようなものを感じさせる著作です。

私の教え子の彼氏は、ずっと爆発を描きつづけ、おそらくたいした名前はのこさずに死ぬことでしょう。そのかわり、彼が手がけた爆発のせいで傷つく人間はだれもいないはずです。

春樹と、私の教え子の彼氏と、「この世を超えたすごいもの」を見せようとする人間としてどちらがまっとうか――この問いに答えるのは、「壁と卵」のどちらにつくか結論を出すより、はるかにむずかしいと私は思います。

《この章を理解するための年表》

一九九四年	柳美里、『石に泳ぐ魚』で小説家デビュー
	村上春樹、『ねじまき鳥クロニクル』第一部・第二部刊行
一九九五年	阪神淡路大震災　オウム真理教事件
	村上春樹、『ねじまき鳥クロニクル』第三部刊行
	『新世紀エヴァンゲリオン』テレビシリーズ放映開始
一九九七年	村上春樹、『アンダーグラウンド』刊行
	村上龍、『イン・ザ・ミソスープ』刊行
一九九八年	村上春樹、『約束された場所で　underground2』刊行
	田口ランディ、『コンセント』で小説家デビュー
二〇〇〇年	飯島愛、『プラトニック・セックス』刊行

第二章――なぜ村上文学はノーベル賞を取りにくいのか？

「男の成長物語」を描けない時代

しばらくまえに、「芥川賞受賞作から見た戦後日本」というテーマで講座をやらせていただきました。そのとき、大塚英志という評論家の、次のような意見を紹介しました。

「村上春樹の小説では、『スプートニクの恋人』や『アフターダーク』のヒロインをはじめ、女性の登場人物は成長していく。これに対し、男性キャラクターはいつまでもおなじ境地を出られない。『海辺のカフカ』のカフカ少年なんて、母や姉と性的に交わり、象徴的な『父殺し』さえしたというのに、結末になってもまだ『生きることの意味がわからない』などという。

こうした構図は、宮崎駿のアニメにも共通している。ポニョも千尋もきちんと成長をとげるが、男性登場人物は、ヒロインが変わっていくのを見ているだけである」

私の話が終わると、別の講座をやったときにお見かけしたことのある男性――七〇歳ぐらいで、綺麗な白髪が印象的な方――が歩みよってきました。

「先生、男が成長できなくなったのは、やっぱりフェミニズムとかが原因ですかな。男が男らしくあることが許されなくなって――」

私はこの問いかけにこう答えました。

「それもあるかもしれませんが、とにかく『男じゃなければできない』といわれていたことの大半が、女性でもやれることが証明されてしまいましたから。オーケストラの指揮者なんか、『女は突発事故に弱いから向いていない』といわれていたのに、このごろは有名な女性の指揮者、けっこういますからね。これまでは『女の指図にはしたがいたくない』って、男の楽員が意地を張ってただけってことでしょう」

男性は、柔和なほほえみをうかべながら、表情とは裏腹の、ドキリとするようなことを口にしました。

「そうなると、徴兵制でも復活させるしかないですかねえ、『男らしさ』をよみがえらせるには」

このことばを聴いて、男性のうしろで質問の順番をまっていた女性が声をあげました。

「そんなの意味ないですよ、いまどきの戦争は、リモコンで飛行機とばしてやるんですから、男でなくてもできます」

女性のことばを聴いて、男性はほほえみをうかべたままいいました。

「それじゃあ、『伊勢物語』の在原業平あたりに学ぶとしますかね。漢文は男のものっていうタテマエがあったっていうけど、業平は漢文がさっぱりできなくて、腕っぷしが自慢だったという話も聞きません。それで得意なのは歌と恋、女でもできることだけだったんだから」

カウボーイの成れの果て

男性の成長物語が語りにくくなっているのは、日本だけの現象ではありません。

ハリウッド製のホラー映画やパニック映画には、「数かずの困難を克服し、最後までひとりだけ生き延びる女性」がしばしば登場します。こうした女性キャラクターは、映画研究者のあいだでは「ファイナルガール」とよばれています。『悪魔のいけにえ』や『ターミネーター』、『バイオハザード』のヒロインが、「ファイナルガール」の代表的な例です。

「ファイナルガール」は、アメリカにおける「男の子の理想像」を体現した存在といわれています。彼女たちは、「あらゆることを自力で解決し、最後まであきらめない」という性質を備えています。それは、開拓時代のアメリカ男性にのぞまれていたありかたに合致します。

かつてならカウボーイにでも託して描かれていた「男の子の理想像」が、どうして「ファイナルガール」というかたちであらわされることになったのか。その背景には、第一〇章でも触れた「大量生産の時代」の終焉があります。

農業や家内工業を営む家庭では、性による分業はあいまいです。労働も家事もおなじ場所でおこなわれるわけですから、男女ともその両方をやるのがふつうです。

「大量生産の時代」が到来し、大工場が生産の中心になると、労働者は特定の場所に集められるようになり、家事をやることがむずかしくなります。そこで「女性は家事、男性は労働」というぐあいに、性による分業が固定化したわけです。当然、「男らしさ」は「理想の工場労働者の像」と、「女らしさ」は「のぞましい専業主婦の姿」と、密接にむすびつけられるようになりました。

オイルショックが引き金となって、「大量生産の時代」の終わりの兆候があらわれると、男女の役割分担もゆらぎはじめます。これにともなって、「男らしさ」や「女らしさ」のイメージにも変化が生まれます。このとき、より深く混迷に落ちこんだのは男性でした。

もっぱら労働を担当していた時代の男性には、能力や適性に応じて、働きかたをえらぶ自由が与えられていました。専業主婦になることをもとめられていたころ、女性にとってライフスタイルを選択する幅は、男性にくらべてずっと狭かったといえます。性による分業がおこなわれなくなったことは、女性には「生きかたをえらぶ自由の増大」というメリットもあったわけです。いっぽう男性にとってそれは、「目指すべき理想像の喪失」というマイナスのみを強いられる体験でした。もともと女性に不利だった分担が解消されただけとはいえ、自分たちの「失墜」に、多くの男性はとまどうことになりました。

「ファイナルガール」がさかんにスクリーンにあらわれるようになったのは、オイルショック以後のことです。「大量生産の時代」が終わりにさしかかり、「男らしさ」をナイーヴに信じることができなくなったとき、「男の理想像」は女性に託されるようになったのでした。

「大量生産の時代」が終わったあと、どのようなかたちで成熟を目指していけばいいのか、だれにも当てはまるような答えは見つかっていません。男性たちの混迷に、しばらく出口はなさそうです。こうした時代に、春樹や宮崎駿が「男の子の成長物語」を語りあぐねているのは、むしろ当然といえます。

教科書のなかの村上春樹

たびたびのべているとおり、春樹の小説は「作者の主張をつたえる媒体」ではありません。読者がそのなかに入りこむことで「現実のあちら側」と出会う「体験型アミューズメント」です。

そういう小説を書く春樹ですから、自分が考える「男の理想像」をしめすつもりはおそらくないはずです。春樹作品を体験することを通して、読者が自力で答えを探すことをのぞんでいると思われます。

「大量生産の時代」が終わったあと、何を目標に成長すればいいのか、一般性のある答えは出ていません。「男の子の成長」という問題に対し、春樹はいまのところ、たいへん聡明な取り組みかたをしているわけです。

ところで、これまでの成長モデルが無効になっているという現状は、学校教育にとっても大きな危機です。そうしたなかで、春樹の小説は、小学校から高校まで、さまざまな種類の国語教科書に収録されています。

「体験型アミューズメント」という性質を考えるなら、生徒一人ひとりが自己と向きあうきっかけにしてあげるのが、教材として春樹をつかうベストの道であるはずです。けれども残念なことに、教科書に載っている春樹の小説は、かならずしもそういうふうにはあつかわれていません。

私はときどき、国語教育の学会や研究会に足をはこびます。そうした折に、春樹作品に関する発表を聴く機会も少なくありません。春樹の小説は、中学校や高校の先生方からも注目されているのです。

春樹の小説には、現実世界には起こりえない「あちら側」の出来事が描かれます。教科書に載っている作品を例にとると、『レキシントンの幽霊』では、語り手はケーシーという友人の家で、パーティを催す幽霊たちと遭遇します。『鏡』では、夜の中学校の校舎で、主人公は自分の分身を見ます。

春樹について発表する先生方はたいてい、

「語り手はほんとうに幽霊を見たのか？　それとも夢を見ていたのか？」
「幽霊の出現が意味するものは？」
「主人公の分身は、彼のどのような面をあらわしているのか？」

といった問いを立てます。春樹の小説に書かれる「あちら側」の出来事は、それが起こる意味や理由が簡単にはわかりません。その解明を生徒にやらせるのは、ひとつの授業のやりかたではあることはたしかです。

ただし、「体験型アミューズメント」である春樹小説は、どのように解釈しても、その人の春樹体験を語ることにしかなりません。春樹の作品のいたるところにある「謎」には、その読者にとっての「答え」しか存在しないのです。

春樹について語る国語の先生には、テクストをこまかく読んで、普遍的な「答え」を探そうとする傾向が見られます。そうした発表を耳にして、分析の緻密さや斬新さに、何度も感嘆させられました。けれどもやはり、そこで語られているのは、その発表をした先生の「春樹体験談」であることがほとんどです。

ちなみに春樹は、自分の作品を分析的に読むことについて次のようにいっています。

「少なくとも僕の知る限りにおいては、僕の小説を分析して、どこかまともな地点にたどり着いた人はほとんどいません。もちろん僕自身にだって分析なんてできません。(中略)その小説を読み始める前と、読み終えた後で、自分の居場所が少しでも移動しているように感じられたとしたら、それは優れた小説なのだ、というのが小説についての僕の個人的な基準です」(『「ひとつ、村上さんでやってみるか」と世間の人々が村上春樹にとりあえずぶっつける四九〇の質問に果たして村上さんはちゃんと答えられるのか?』)

春樹が小説を「体験型アミューズメント」としてとらえていることが、このことばからはっきりうかがえます。教員が中心となって、みんなで共有できる「答え」を探すことが、春樹小説のあつかいかたとしてふさわしいのか、疑問はどうしてものこります。

ノーベル文学賞を取りやすい作品とは

そもそも、学校教育がここまでひろまったのは、「大量生産の時代」がおとずれたからです。おなじ工場で働く人間どうし、ことばが通じなかったり、ちがう単位でものをはかったりしていては困ります。そこで、思考やコミュニケーションの共通基盤をだれもが持てるように、義務教育がおこなわれるようになったのです。

ときどき、「校則には意味がないものが多すぎる。制服のスカートの襞なんて、どうして全員がおなじ数にする必要があるのか」といった意見をのべる人がいます。けれども校則というのは、「意味がないから価値がある」のです。「自分は納得できないが、規則だからとりあえずしたがっておく」という心性を育てるのに、「意味のない校則」はうってつけなのです。こうしたメンタリティは、「大量生産の時代」の労働者には欠かせないものでした。

けれども、知識を一方的に伝達したり、「意味のない校則」に生徒をしたがわせたりするタイプの学校教育は、すでに耐用年数が過ぎています。

冒頭に触れた大塚英志の評論では、『海辺のカフカ』の主人公のありかたが取りあげられていました。大塚が問題にしていた「僕には生きるということの意味がよくわからないんだ」という主人公の問いかけには、じつは、主人公の母と思われる佐伯さんが答えています。

「『絵を見なさい』と彼女は静かな声で言う。『私がそうしたのと同じように、いつも絵を見るのよ』」

ここで「絵」といわれているのは、佐伯さんが若いころに死に別れた恋人の、少年時代の姿を描いた『海辺のカフカ』という題の油絵です。「目指すべきゴール」をどこかに設定するのではなく、問題に行きあたるごとに、「あちら側」を体験して自分を問いなおす――そこに「生きること」の秘訣があるという考えが、佐伯さんのことばからつたわってきます。

春樹の小説も、教師に導かれて「謎とき」をする素材にされてしまったら、「大量生産の時代」を支えていた教材と、おなじようにしか機能しないはずです。こうした「謎とき」は、結局のところ「教師が生徒に正解を教える」という伝統的な授業に行きつきます。「体験型アミューズメント」としての特質をフルに活かした、生徒が自分と向きあうきっかけとなるような「春樹の小説の授業」がやれないものか――その具体的な手立てを、私は現在、模索しています。

二〇一二年のノーベル文学賞は、下馬評では春樹が最有力候補といわれていました。しかし、実際に受賞したのは、中国の莫言でした。

反戦や体制批判など、政治的理想を明確に打ち出した作家ほど、ノーベル文学賞にえらばれやすいとしばしばいわれます。春樹も「壁と卵」演説や反核宣言など、口頭でのパフォーマンスやエッセイでは、思想的なことがらを語っています。けれども春樹の小説は「体験型アミューズメント」であり、政治的・思想的選択を読者にゆだねています。そこに、春樹が世界的に受け入れられている理由があることもたしかですが、ノーベル賞を取るうえでは、マイナスになっている可能性は否めません。

春樹は、「ドストエフスキーの『カラマーゾフの兄弟』のような小説を書くのが目標」といっています（『夢を見るために毎朝僕は目覚めるのです　村上春樹インタビュー集　1997―2011』など）。ドストエフスキーが、死後百年以上を経ても世界中で読みつがれているのは、作家として卓越した資質があったためだけではありません。キリスト教という、国際的影響力のある宗教の可能性を問うていることが、彼の小説をコアな文学愛好家以外にとっても無視できないものにしています。

賞を取れるかどうかには、偶然も大きく作用します。作者の死後、数百年読みつがれるような作品を生みだしたからといって、ノーベル文学賞を与えられるとはかぎりません。いっぽう、ひろい範囲に影響力のある思想や宗教と切りむすんだ傑作は、作者が没したあとも、長く読者にもとめられます。

小説家として、すでに世界的な成功をおさめた春樹は、作者当人が亡くなったあとどれだけ読まれつづけるかを、次のターゲットにしている気がします。『カラマーゾフ』が目標、というのは、そのことをほのめかした発言と考えられます。それを達成するには、世界的にひろまっている思想や宗教をテーマにすることが、おそらく欠かせません。

春樹はその条件を満たすために、仏教をふまえた作品を書くのではないか、と私は予感しています。その「仏教小説」でも、すべてが読者にゆだねられるのか——この点については、最終章であらためて検討したいと思います。

《この章を理解するための年表》

一九七三年——オイルショック

一九七四年——『悪魔のいけにえ』公開

一九八四年——宮崎駿、『風の谷のナウシカ』のヒットでスター監督に

『ターミネーター』シリーズ第一作公開

二〇〇二年——村上春樹、『海辺のカフカ』刊行

映画版『バイオハザード』公開

二〇一二年——莫言、中国国籍の作家としては初めて、ノーベル文学賞を受賞

第二二章——春樹はこの先『ねじまき鳥クロニクル』以上の「悪」を描くことができるか？

いつがピークだったかわからない作家

私には、少々変わった趣味があります。野球選手の年度別成績や、クリエーターの作品リストをながめて、その人物の「キャリアハイ」をさぐるのです。

「二年連続三冠王になったのは、王貞治が三三歳と三四歳、ランディ・バースは三一歳と三二歳、落合博満は三二歳と三三歳。ということは、三二、三歳が長距離打者のピークってことか。そういえば阿部慎之助は、二冠王になった二〇一二年に三三歳だった」

「谷崎潤一郎がまともな作品を書くようになったのは、関東大震災のあと、関西に移住してからだ。それまで空振りだらけなのに、どうして人気作家でいられたんだろう？」

そんな妄想をふくらませながら、夜ごとにひとりで酒杯を傾けています。

ときにはちょっと、変わった角度から成績表をながめてみることもあります。

「長嶋茂雄は、打率や長打率を見ると、引退の三年前まではりっぱな成績だ。でも、二塁打数が三〇歳を境にガクンと減るなあ。たぶん、長嶋がほんとに凄かったのは三〇歳までだ。あとは脚が衰えたぶん、ポール際に放りこむホームランを増やしてカヴァーしてたんだろう」

こうして著作のネタにするぐらいですから、当然、村上春樹の作品リストもまな板にのせています。

『１Ｑ８４』にはやや疑問が残るものの、春樹の長編小説には失敗作がありません。初期三部作には、後年の作にくらべると稚拙な部分は目につきますが、それでもじゅうぶん、小説として魅力的です。最新作の『色彩を持たない多崎つくると、彼の巡礼の年』も、作者の名誉を汚すような出来ばえではありません。

春樹はいまのところ、バッハやベートーヴェンのような、いつがピークだったかわからないクリエーターの軌跡をたどっています。けれども、それが結論ではリストをながめていた甲斐がありません。長嶋茂雄のケースのような、すぐにはわからない「キャリアの潮目」が見えないものか、何度も目を凝らしてみました。

その結果、「悪いやつ」を描くことに関しては、春樹はすでにピークを迎えていることがわかりました。これからもおそらく、そのピークが越えられることはないはずです。

そういうわけで、この章では春樹小説における「悪いやつ」のお話をします。春樹文学がたどってきた道を、ちょっと変わった角度から、あきらかにできるのではないかと考えます。

「羊」と七〇年代オカルトブーム

春樹の小説にはっきりした「悪」があらわれたのは、一九八二年に書かれた『羊をめぐる冒険』が最初です。この作品には、「アナーキーな観念の王国」の樹立を目指す「背中に黒い星型のある羊」が登場します。

羊は一九三五年に、羊博士の肉体を借りて中国大陸から日本に入国したのち、獄中にいた右翼青年と一体化して、闇の組織をきずきあげます。その組織を動かす人間として、主人公の友人である鼠を、羊はえらびます。いまは老人となった右翼の体を抜け出すと、羊は鼠に憑りつきますが、鼠はそのまま自殺することで、羊の息の音を止めます。さらに、右翼の後継者となることを請うために、鼠のもとをおとずれた闇の組織の幹部たちも、鼠のしかけた時限爆弾によって葬られるのでした。

七〇年代から八〇年代にかけて、

「歴史は、表に出ている権力者ではなく、影の支配者の陰謀によってうごかされている」

と主張する「陰謀史観」が流行しました。

この時代にはまた、オカルトブームが嵐のように吹き荒れていました。「一九九九年に人類は滅びる！」という衝撃的な内容の『ノストラダムスの大予言』（五島勉著）がベストセラーになり、老いも若きも、ＵＦＯや超能力に熱狂していました。私も、小学校の給食の時間、級友たちと「だれがいちばんはやくスプーンを曲げられるか」を競ったおぼえがあります。

「陰謀史観」とオカルトブームは、おなじ背景に支えられていたといわれています。実際「陰謀史観」は、しばしばオカルト雑誌を舞台に語られていました。

その背景とは、高度経済成長の行きづまりと、公害問題の表面化です。日本人はもはや、「科学がもたらすバラ色の未来」を信じられなくなっていました。「近代科学」と「進歩」への懐疑が、多くの人びとを「闇の組織」や「超能力」に向かわせたのです。

『羊をめぐる冒険』に描かれた闇の組織のありようは、「陰謀史観」のそれとそっくりです。「悪」の力の最終的な源が、大陸から渡ってきた羊だという設定も、

「右翼の大物の××は、関東軍がもっていた金塊（もしくはアヘン）を資本に、戦後の裏

社会を支配した」

といった類いの「裏話」を想起させます。

私は、「陰謀史観」にもとづいた作品だから、『羊をめぐる冒険』はくだらない、といいたいのではありません。この小説で鼠は、「弱いもの」を守るため、強大なものの象徴である「羊」を倒そうとします。「壁と卵」演説において語られた「つねに弱いものの側に立つ」という春樹の姿勢を、ここにもうかがうことができます。個人を踏みにじるシステム――「卵」をつぶす「壁」――にイメージを与える素材として、「陰謀史観」という「七〇年代的なもの」がもちいられているわけです。

一九八五年に発表された次の長編『世界の終りとハードボイルド・ワンダーランド』には、現代東京の「ゆがみ」をあらわす存在として、「やみくろ」が登場します。「やみくろ」は、東京の地下に住み、地下鉄の発展とともに勢力をひろげた生物です。蛭を手下にし、腐った肉と腐った水だけを口にします。

目のない魚を偶像として拝んでいる、という叙述から、「やみくろ」の発想源になっているのは、H・P・ラヴクラフトの作品に登場する邪神ではないか、といわれています。ラヴクラフトは、一九二〇年代から三〇年代にかけて、アメリカの大衆読物雑誌で活躍した作家です(彼が『風の歌を聴け』のハートフィールドのモデルのひとりであることは、すでにのべました）。

春樹はデビュー直後に、ラヴクラフトのファンであると公言していますが、その作品が日本で読まれるようになったのは、七〇年代前半からです。「七〇年代に流行りはじめたもの」にもとづいて「悪」のイメージをつくる、というやり方は、『世界の終り……』にも引きつがれていることがわかります。

村上龍が描く巨悪と英雄

一九八七年の『ノルウェイの森』には、悪役らしき人物は登場しません。

それにつづく『ダンス・ダンス・ダンス』では、「高度資本主義」に対する呪詛が、「僕」の口からくり返しもらされます。殺人を犯してしまう五反田君も、バブル的な経済システムに心を喰いあらされた「犠牲者」のように描かれています。

この作品では、「壁」――個人を踏みにじるシステム――そのものが悪役になっています。多彩なキャラクターが登場する魅力的な小説ではありますが、悪役がそれらしく見えるか、という点からすると、成功しているとはいえません。

このつまずきは、春樹の美学の根源にかかわっています。

村上春樹と村上龍は、デビューも年齢もわりあい近いため、しばしば比較して論じられます。龍も八〇年代に、システムそのものを敵役とした長編『コインロッカー・ベイビーズ』や『愛と幻想のファシズム』を書いています。

これらの小説に描かれた「システム」は、『ダンス・ダンス・ダンス』の「高度資本主義社会」より、ずっと憎たらしく、倒すべきものに見えます。そう感じられる理由は、おおまかにわけるとふたつあります。

ひとつは龍が、システムに盲従している人間の醜悪さを、読者に印象づけるのに秀でていることです。ダメ人間の卑しさ、情けなさをえぐり出すことにかけて、龍のうえをいく作家はほとんどいません。それらの描写を読むと、

「なるほど、システムの命じるままに生きるのはクズがやることだ」

と、たいていの人間は説得されてしまいます。

もうひとつは、龍の作品のなかでシステムに挑みかかるキャラクターが、じつにカッコよく描かれていることです。クライマックスに向けてたたみかけていくような筆法を、龍は得意としています。その「必殺技」を駆使して、「システムと戦う人物の英雄的なふるまい」をこれでもかと見せつけるのです。見せられたほうは、

「こんなスゴイやつの自由を奪うなんて、システムというのは悪いものにきまってる!」

興奮して、そんなふうに叫びたくなってきます。

「システム」を悪者に仕立てるうえで、龍が備えているこうした「強み」は、春樹にしてみればポリシー上、けっして持つわけにいかないものです。

第四章で触れたとおり、「存在するものにはかならず意味がある」と春樹は考えています。こういう思想は最後には、「善」と「悪」とを徹底的に相対化するところにまで行きつきます（『1Q84』の「深田教祖」は、まさにそのような「善悪の彼岸」について語ります）。

善悪の区別が絶対的ではないとすれば、自分の論理を一方的に相手に押しつけることが、唯一の「絶対に悪いこと」になります。「システム」が批判の対象になるのも、一人ひとりの事情を考慮しないまま、圧倒的な力でみずからの合理性をつらぬこうとするからです。システムの暴力とならんで、春樹が激しく憎悪するのが「想像力のない人間」であることも、こう考えると納得できます。想像力がないと、他者の立場に思いをめぐらすことができないからです。

そういう価値観を持つ作家が、システムに盲従する人間を、醜悪なだけの存在として描くことはありえません。どこかでかならず、筆致が同情的になるはずです。

また、弱者を一方的に踏みにじるからこそシステムを憎悪する春樹が、龍が描くような

「解放をもとめる英雄（＝システムより強い者）」に、心を奪われるとは思えません。

すでにのべたとおり、龍はしばしば、読者を興奮と熱狂に誘います。これに対し、春樹の語りくちは、きわどい描写をするときもクールです。

我を忘れて熱狂することは、相手を考慮の外に置くことにつながります。そういう状態に自分が陥ることも、読者を引きずりこむことも、春樹にとっては好ましくないのでしょう。くりかえしのべているように、春樹の小説は「体験型アミューズメント」として書かれています。このことはおそらく、春樹が善悪を相対化しており、安易な熱狂を嫌っていることとかかわりがあります。

そういえば、あれほど七〇年代カルチャーの影響があちこちにあらわれているというのに、春樹の小説にドラッグはほとんど出てきません。ドラッグによる酩酊場面を、しばしば作品の「見せ場」にしてきた龍とは好対照です。

『ねじまき鳥』の「個人を超えた悪」

「悪いやつ」をつくり出すことにかけて、春樹は龍より、あきらかに不利な状況に立たされています。けれども春樹は、少なくとも一度、龍には生み出せない凄まじい「悪」を創造しました。『ねじまき鳥クロニクル』の、ノモンハンで日本兵が皮剥ぎに遭う場面がそれです。

じつは龍が、このくだりに関して批判をのべています。地の文で描写して書くのではなく、目撃者である間宮中尉の証言によって叙述が進むのが、手ぬるいというのです。

龍にしてみれば、

「兵隊の全身の皮膚が剥がされる、というショッキングなイメージを、せっかく思いついたのだから、読者を目いっぱい刺激してあげるべきだ。ジイさんの穏やかな回想口調で話を進めるとはもったいない」

といったところなのでしょう。

刊行当時、私もこの皮剥ぎの部分を読んで、龍とおなじ感想を持ちました。けれども今回、約二〇年ぶりに再読して、そのときとは印象が一変しました。

淡々と語りが進むからこそ、皮剥ぎの実行者である蒙古人や、それを命じでいるソビエト軍人・ボリスの不気味さがきわだつのです。彼らは「残虐な軍人」という枠を超えた、人間の破壊衝動の化身のように見えます。もし、龍のたたみかけるような文体でこのくだりが書かれていたら、蒙古人もボリスも、「猟奇的な殺人鬼」としか映らなかったでしょう。

この皮剥ぎに立ちあってから、間宮中尉は紆余曲折を経てソ連の強制収容所に送られます。そこでボリスと再会し、彼がおこなう悪事に巻きこまれます。間宮中尉は、ボリスの暗殺を試みますが、相手はそれを見ぬいていました。ボリスは間宮中尉に向かって、私を撃ちたいなら撃つがいい、君は私を殺すことはできない、と言い放ちます。間宮中尉は、わずか二メートルの距離から二発、ボリスを狙撃しますが、弾は当たりませんでした。

この場面のボリスにも、「正義によって罰することのできない巨悪」といったおもむきがあります。人類が存続するかぎり、けっして消えることのない「業」の体現者、といったところでしょうか。

ちなみに春樹は、『村上春樹全作品』の「解題」で、「間宮中尉とボリスの戦いと、主人公と綿谷昇の戦いは平行している。間宮中尉ができなかったことを、綿谷昇を倒すことで主人公はなしとげる」といった意味のことをのべています。綿谷昇は、システムのなかをうまく泳ぎまわることで、地位や名声を得ようとする「俗物」です。ボリスのような怪物性は、まったく感じられません。しかも、「俗物」をひたすら醜悪に描くことは、さきに見たとおり、春樹のポリシーと矛盾しています。綿谷昇をボリスとならべることには、さまざまな意味で無理があるのです。

『ねじまき鳥クロニクル』は、九一年から九四年にかけて、日本叩きがもっとも激しかったころのアメリカで書かれました。日本という国のありかたについて、春樹はこの時期、いろいろ思うところがあったようです。その点を根源まで問いつめようという意志が、この作品にはみなぎっています。過去の「愚行」であるノモンハン事件と、現在の「愚行」であるバブル経済が、二重うつしのように語られていくのはこのためです。

しかし、「マネーゲーム」や「地上げ」といったバブルの病理は、日本がかかえている問題の、氷山の一角にすぎませんでした。九五年の阪神淡路大震災とオウム真理教事件をきっかけに、もっと深い部分におけるこの国の行きづまりが露呈しました。

さすがの春樹も九五年以前には、日本の暗部を見つもりそこねていたようです。春樹はそれを、「高度資本主義システムの負の側面」ととらえていたようですが、現行の資本主義システムそのものが、バブルのころには限界に達しつつあったのです。震災とサリン事件に、春樹が過敏に反応したのは、このあやまりに気づいたからでしょう。ボリスとくらべて、綿谷昇の造形に精彩が欠けるのは、おそらくこうした「見こみちがい」に由来しています。

「善悪の彼岸」へ

『ねじまき鳥クロニクル』のあと、春樹はボリスのような「絶対悪」を描いていません。

地下鉄サリン事件の被害者に対するインタビューを集めた『アンダーグラウンド』のあとがきには、次のようにしるされています。

「私が『世界の終りとハードボイルド・ワンダーランド』の中で「やみくろ」たちを描くことによって、小説的に表出したかったのは、おそらくは私たちの内にある根元的な「恐怖」のひとつのかたちなのだと思う。(中略)そのような私の個人的な文脈からすれば(つまり私自身の物語から見れば)、オウム真理教団の五人の「実行者」たちが、尖らせた傘の先端でサリン入りのポリ袋を突き破ったとき、彼らはまさにその「やみくろ」たちの群を、東京の地下に、その深い闇に解き放ったのだ。私はその光景を想像して、心の底からぞっとした」

むき出しの暴力が現実世界にあふれてしまった以上、フィクションのやるべきことは、なまなましい「悪」をしめすことにはない――春樹はそう考えたにちがいありません。

『海辺のカフカ』では、主人公の父親が、残虐な猫殺しをおこないます。とはいえ、猫を殺すときの彼は、ウィスキーのジョニー・ウォーカーのラベルに描かれている人物に扮し、奇怪なギャグを飛ばしまくります。なまなましい暴力をしめす必然性と、小説のなかの暴力は象徴化されていなければ、という倫理観とのせめぎあいがそこには感じられます。

ジョニー・ウォーカー（＝主人公の父）は、作中で殺害されるのですが、その犯人も彼の息子なのか、その身がわりのナカタさんなのか、ハッキリしません。暴力を描こうとする意志と、暴力を隠そうとする自制心が、ここでも葛藤しているようです。

『1Q84』ではすでにのべたように、善と悪とはたがいにバランスを取りあっているという哲学を、「さきがけ」という宗教の教祖が語ります。この思想は、春樹が一貫して心の底にかかえていたものです。

最新作である『色彩を持たない多崎つくると、彼の巡礼の年』では、主人公の父親に重要な役割が与えられています。この父親は、これまでの春樹作品においては「悪の職業」だった、不動産業をなりわいとしていますが、批判すべき人物として描かれているわけではありません。こうしたところからも、春樹のなかで善悪の相対化が進んでいることがうかがえます。

おそらく春樹はこの先、ボリスのような「圧倒的に悪いやつ」を、作品に登場させることはないでしょう。春樹の文学的キャリアを見ると、それは必然のなりゆきだと感じます。

《この章を理解するための年表》

一九七三年	オイルショック 五島勉著『ノストラダムスの大予言』がベストセラーに
一九七六年	村上龍、『限りなく透明に近いブルー』で群像文学新人賞と芥川龍之介賞受賞
一九七七年	スティーヴン・スピルバーグ監督の『未知との遭遇』が世界的にヒット
一九八〇年	村上龍、『コインロッカー・ベイビーズ』刊行
一九八二年	村上春樹、『羊をめぐる冒険』刊行
一九八七年	村上龍、『愛と幻想のファシズム』刊行
一九八八年	村上春樹、『ダンス・ダンス・ダンス』刊行
一九九四年	村上春樹、『ねじまき鳥クロニクル』第一部・第二部刊行 村上龍、『五分後の世界』刊行
一九九五年	村上春樹、『ねじまき鳥クロニクル』第三部刊行 阪神淡路大震災　オウム真理教事件
二〇〇二年	村上春樹、『海辺のカフカ』刊行

第一三章――

なぜ春樹は日本文学界で独り勝ちになったのか?

私が秀吉だったら草履はあっためない?

昨年、ある市民講座でお話しさせていただいた折に、顔なじみの女性スタッフの方から質問を受けました。

「先生、平原綾香さんが、モバゲーのCMでおかしな曲を歌ってるの、知ってますか?」

私の家には、四年ほどまえからテレビがありません。そのことを率直に申しあげて、いったいその平原さんの歌が、どんな内容なのか私は訊ねました。

「私が秀吉だったら草履はあっためないとか、上杉謙信になっても塩は贈らないとか、ヘンな歌詞なんです。あまりに意味がわからないので、先生がご存じなら、解説していただこうかと思ったのですが……」

「それ、この曲でしょう? ネットでも動画が見れますよ」

パソコンのまえに座っていた別のスタッフの方がいいました。パソコンの画面には、「戦国コレクション『If 秀吉篇』」というタイトルが映っています。

私は二度、そのCMを再生してもらいました。

「ぱっと見た印象では、『既存のロールモデルを忠実になぞっても、いいことなんか何もない』という宣言なのかもしれないですね」

私に質問してくれた女性スタッフは、当惑した表情をうかべ、目をパチパチさせています。私はことばを継ぎました。

「『草履を温めても、思い出を履き違えるだけ、胸にささるワラが痛いよ』ってのは、昔、秀吉がやったことをくり返しても、うまくいかないよってことですよね」

そこまで説明すると、ようやくわかった、というふうに、女性スタッフは表情をやわらげました。

「そういえば、このあいだ講演していただいた経営コンサルタントの先生もおっしゃってました。『これからの一〇年は、いままで以上に激動の時期になるから、過去の成功体験に縛られている人は、ますます生き延びられなくなる』って。それとおなじメッセージが、平原さんの歌には込められていたんですね」

「更生したヤンキー」としての織田信長

日本のエリート・サラリーマンは、ベンチャー起業家が嫌いです。「組織からのぞまれる人間像」に自分を適合させることを何より重んじていて、自分を活かせるフィールドを自力でつくり出すことには価値をみとめません（アメリカのエリートなら、まったく逆でしょうが）。平原綾香のCMソングにあてはめるなら、「秀吉になって草履を温めること」が、日本の企業人がもっとも評価するふるまいなのです。

このように書くと、「では、織田信長のような『改革者』が、サラリーマンに人気なのは、どう説明するのか？」という批判が飛んできそうです。これに対する私の答えは、「信長は『更生したヤンキー』の枠組で語れるが、ホリエモンはそうでないから」というものです。

精神科医の斎藤環が『世界が土曜の夜の夢なら』というタイトルの、興味深いヤンキー文化論を書いています。この書物のなかで斎藤は、

「『更生したヤンキー』は、日本人がもっとも好むキャラクター類型のひとつ」

と指摘しています。

ヤンキーは、既存の権威には反抗するものの、価値観や道徳の面では保守的です。仲間や家族のことは、体を張って守ろうとします。このため、いったん反抗をやめて権威にしたがうようになると、だれよりも懸命に忠誠を尽くします。

「もとは反逆していたが、一転して熱烈な支援者となった存在」は、宗教の聖人伝の類いにもひんぱんに登場します。こうしたキャラクターは、権威に歯向かいきれる者がいないことを、さいしょから従順だった人物以上に強烈に印象づけます。「更生したヤンキー」も、「いまの社会はまちがっていないこと」を、だれよりも強く実感させてくれるので、体制派の人間に好かれるのです。

若いころ、奇行や愚行をくり返し、のちに戦国最強の武将となった信長は、「更生したヤンキー」とイメージがかさなります。

さらに、徳川家康の同盟者でもあったため、江戸時代から信長はそれなりにブランドでした。同時代の人びとの目には、ベンチャー企業家のように映っていたのかもしれませんが、現代人にとっての信長は「創業四〇〇年の老舗の創業者」にほかなりません。

これに対しホリエモンは、既存のルールや権威をおびやかすいっぽうのように見えます。彼は「更生していない反逆者」なのです。

サラリーマンにしてみれば、「自分がしたがっている『組織の論理』をつくりあげた人」

が信長であり、「『組織の論理』を壊そうとする不届き者」がホリエモンです。彼らから信長は好かれ、ホリエモンが嫌われるのは当然といえます。

村上春樹は文学界の「ベンチャー」である

村上春樹は、文壇主流派の作家や批評家からバッシングされてきました。

日本の純文学小説は、欧米の純文学小説の趣向を取り入れたものか、作者の私生活をほぼそのまま描いた私小説が主流でした。大江健三郎のように、両者をたくみに融合させる書き手もいます。

春樹の小説は、ハードボイルドやSFといった、アメリカのエンターテインメント小説の影響を受けながら、テーマはシリアスなものが中心でした。この種の小説はアメリカで「スリップ・ストリーム」と呼ばれています。それは、これまでの純文学小説に自分をあわせるのではなく、日本では未開拓のフィールドに身を投じる試みでした。こうした春樹を文壇主流派がバッシングしたのは、エリート・サラリーマンがホリエモンを嫌うのとおなじ構図といえます。

いっぽうで春樹は、「大人になれない中高年＝ヨサク」から偶像のように見られています。サラリーマンから憎まれていたら、こうしたあつかいは受けないはずです。

スラヴォイ・ジジェクという、旧ユーゴスラビア出身の思想家が、興味深い指摘をしています。彼によると、旧社会主義国において体制の維持に貢献していたのは、本気でマルクス主義を信じていた人間ではありません。社会主義の原理に疑いを持ちながら、とりあえず政府のいいなりになっていた人びとが、かつての東側諸国を支えていたというのです。

私自身、中学高校時代をふりかえると、校則を心から「正義」だと信じていた級友は、生徒からも教師からも馬鹿にされていた記憶があります。なぜ男子の頭髪は耳にかかってはいけないのか、そこにたいした根拠はありません。校則の正しさをまったく疑わない生徒は、そうした無根拠さを明るみに出してしまいます。

「バカバカしいけど、いちおう決まりだから守っておくか」

そんな斜に構えた態度が、「これにしたがうことに何の意味があるのか」という非難から校則を救います。このことを考えると、ジジェクが社会主義体制についてのべていることにも納得がいきます。

「組織から望まれる人間像」というのも、本気でそれを目指してしまったら、滑稽に見えかねないものです。バカらしい面もあるけど、いちおう演じてみせるか——そんなふうに考える人びとによって、それは「規範」として延命していきます。

会社にかぎらず、組織というのは、「ウンザリしながらとりあえずしたがっている人間」によって維持されているのです。そして、その種の「もっとも優秀な組織の擁護者」は、「やれやれ」といって肩をすくめる春樹の小説の「僕」に、自分の似姿を見出します。

こうしたわけで、春樹は「組織人＝サラリーマン」からも嫌われずにすんでいます。「壁と卵」演説のたとえを借りるなら、サラリーマンは「壁」を構成するパーツの一部であり、組織や集団そのものから身を引いている「僕」とはちがいます。そこには誤解があるわけですが、自作がどのように消費されようと文句をいわない春樹は、あえてそれをただすような発言はしていません。

《この章を理解するための年表》

一九八九年——東西冷戦終結
二〇〇六年——ホリエモンこと堀江貴文、逮捕
二〇〇九年——村上春樹、エルサレム賞受賞・授賞式で「壁と卵」演説
二〇一二年——斎藤環、『世界が土曜の夜の夢なら』刊行

第一四章――二〇一三年は父への「巡礼の年」だったのか？

「死んでしまったガールフレンド」のモデル

村上春樹は、「大事なこと」ほど、はっきり書かない作家です。『風の歌を聴け』『1973年のピンボール』『羊をめぐる冒険』の初期三部作では、「死んでしまったガールフレンド」の存在があちこちで仄めかされます。この三作が、彼女を失った「僕」の痛みを基盤にしていることはあきらかです。にもかかわらず、彼女について語られる挿話は断片的で、「僕」とどのように知りあったのかもよくわかりません。

この「ガールフレンド」には、実在のモデルがいるという説があります。春樹の高校時代の同級生に、彼女につうじるところのある女性がいたらしいのです（浦澄彬『村上春樹を歩く』）。上京してからも、その女性と春樹は会っていたようですが、その人がその後どうなったか、さだかでないそうです。

『ノルウェイの森』で「死んでしまったガールフレンド」は、初めて明確に描きだされました。以後、この類いの女性が、春樹の長編に登場することはなくなります。「小説のなかにはっきり書けた」ということは、春樹にとって「その題材を卒業した」ということになるのかもしれません。

「大切だから、小説にはっきり書かない」という「転倒」は、両親の問題にも当てはまります。とくに父親に対して、春樹はまちがいなく屈折した思いを抱いています。一九九六年に発表された、春樹に対するインタビュー記事のなかで、イアン・ブルマは次のようにのべています。

「父親は戦前は将来を期待された京都大学の学生だった。在学中に徴兵で陸軍に入り、中国へ渡った。村上は子供の頃に一度、父親がドキッとするような中国での経験を語ってくれたのを覚えている。その話がどういうものだったかは記憶にない。目撃談だったかも知れない。あるいは、自らが手を下したことかも知れない。ともかくひどく悲しかったのを覚えている。彼は、内証話を打ち明けるといった調子ではなく、さり気なく伝えるように抑揚のない声で言った。『ひょっとすると、それが原因でいまだに中華料理が食べられないのかも知れない』

父親に中国のことをもっと聞かないのかと、私は尋ねた。『聞きたくなかった』と彼は言った。『父にとっても心の傷であるに違いない。だから僕にとっても心の傷なのだ。父とはうまくいっていない。子供を作らないのはそのせいかもしれない』」(『イアン・ブルマの日本探訪』)

父親が出てこない小説

作品の中に「父」を登場させないことが、長年にわたる春樹の特徴でした。「村上文学には「父」が登場しない。だから、「父」に象徴される「原理主義的価値観」を押しつけて来ない。このせいで村上文学は世界的になった」とのべる批評家がいたぐらいです(内田樹『村上春樹にご用心』)。たとえば、『ねじまき鳥クロニクル』には、日本兵が中国大陸でおこなった残虐行為が描かれていますが、その加害者に「主人公の父親」はふくまれていません。

春樹はいっぽうで、父親との「楽しかった記憶」も語っています。

「日曜日の朝になると僕はいつも父親が『今日は映画でも見にいくか』と言いだすのを心待ちにしていたものである。我々は神戸か西宮の映画館にでかけ、だいたいそのあとで食事をした。昭和三十年代の前半、今ほど世間の生活は豊かではないにせよ、妙にくっきりとした印象のある時代だった。（中略）父親が西部劇と戦争映画を好む人だったので、一九五〇年代に公開されたその種の映画はわりによく観ている」（『映画をめぐる冒険』）

春樹が、「教養＝エリートが身につけるべき文化」に距離を置いていたことは、ここまでくり返しのべてきました。クラシック音楽にも人並み以上の知識があるのに、彼の小説におもに登場するのは、ジャズや洋楽です（ジャズのなかでも、インテリが持ちあげるコルトレーンのようなタイプは、春樹の好みでないようです）。これもすでに触れたとおり、作風に影響があらわれている作家も、カート・ヴォネガットやＨ・Ｐ・ラヴクラフトのような、アメリカ大衆小説の書き手が中心です。

教養に対するねじれた感情

日本における「教養」は、おもに旧制高校出身者が担ってきました。旧制高校に集まっていたのは、勉強ができるだけでなく、家庭的にもめぐまれていた若者です。「貧乏な家に生まれた秀才」は、師範学校や士官学校といった、学費免除のコースに進むのがふつうでした。同世代で一％に満たないエリートである彼らには、帝国大学に入学し、国家の支柱となる未来が待ち受けていました。

興味深いのは、シェイクスピア戯曲のような超一級品をのぞき、英米文化を軽く見る風潮が旧制高校にあったことです。

明治維新当時、世界最強国家は英国であり、第一次大戦後、その地位はアメリカに引きつがれました。「英米といかにかかわるか」が、近代日本にとって最大の課題であることは、今日にいたるまで変わりません。

このため、英語が堪能であったり、英米文化に精通していたりすることは、そのまま「飯のタネ」につながりました。文学部のような就職にめぐまれないところに進んでも、専攻が英米文学なら、貿易会社の社員や英語教員になれたのです。

そういうふうに「飯のタネ」になるからこそ、旧制高校の学生は、英米文化にかかわりあうことを「さえないふるまい」と見なしていました。そこに働いていたのは、「就職を気にするなんて、しみったれてるな!」という感覚です。

「庶民を支配するうえで、『この世を超えたすごいもの』は役に立つ、だからエリートは、文化や芸術に精通していなければならない。」

そういう背景のために、「教養」がもとめられたことは、第一〇章でのべたとおりです。

ある文化にかかわることが「飯のタネ」になるという事実は、

「これをとおして、『この世を越えたすごいもの』を体験するぞ！」という気持ちを萎えさせます。「飯のタネ」につながる文化を、「教養」を重んずるエリートが馬鹿にするのは当然なのです。英国の名門パブリックスクールでも、ギリシャ語やラテン語を読みこなすという「何の役に立つかわからないスキル」が、もっとも尊重されていました。（日本で「教養」に価値がなくなったのと同様、英国のエリート校でも、近年は「実学重視」が進んでいるようですが）。

そんなわけで、日本の「教養」の世界で幅を利かせていたのは、ドイツやフランスの文化でした。戦後になっても、名門大学の英文科に入ると、おなじ大学の独文や仏文に進んだ連中に馬鹿にされる、という傾向はのこっていました。

春樹の父である村上千秋氏は、戦前の京都大学にいたわけですから、旧制高校出身者です。戦後は、甲陽学院という神戸の有名進学校で国語教師をしていたそうです。村上千秋氏は、「教養」の権化のような人物だったのです。「教養」に対する春樹の「ねじれた感情」は、父である千秋氏のこうした知的背景とおそらく関連しています。

「教養」がドイツやフランスを中心に構成されていたのに対し、日本の大衆文化はずっと英米にリードされていました（イギリスのミステリー小説やロック、アメリカのハードボイルドやロカビリー、ハリウッド映画）。大衆の文化は、実際的な生活と直結しているので、世界最強国のものが周囲に波及していきます。

「教養」を重んじる人物も、大衆文化はそれとして楽しみます。「教養」を誇るようなタイプは、「はっきり大衆文化とわかるもの」より、むしろ「高級文化の普及版」を目の敵にするのがつねでした。『少年ジャンプ』ではなく、純文学のなかで読みやすいもの——サマセット・モームや井上靖——をあざけるのが、「教養人」の習性です。春樹の小説も、読みやすいせいで、「教養」をひきずっている層にはなかなかみとめられませんでした。

西部劇や戦争ものを好んだという春樹の父親も、映画を観るときには娯楽とわりきって、「悪趣味と思われたくない」という意識を捨てていたのでしょう。

大学時代、春樹は映画を研究する学科に在籍していました。将来、映画のシナリオを書きたいと希望していたようです。

春樹を映画の世界に導いたのは、「教養」という裃《かみしも》を脱いだ父でした。その「父に導かれた世界」に、生涯をささげてもよいと、若い春樹は考えたわけです。この事実は、父に対する彼の感情が、「反発」ということばだけではくくれない、複雑なものであったことをうかがわせます。

『海辺のカフカ』における変貌

ながらく「教養」にかかわるアイテムには脇役しかあてがわなかった春樹ですが、二〇〇二年刊行の『海辺のカフカ』でいっきょに変貌します。

この作品には、おびただしい数の「ヨーロッパの古典芸術」が登場します。ハイドンのチェロ協奏曲、ベートーヴェンの大公トリオ、シューベルトのピアノソナタ、プッチーニの『ラ・ボエーム』、シェイクスピアの『マクベス』、チェーホフのことばも引用されています。「カフカ」という主人公の呼び名も、もちろん、フランツ・カフカにちなんだものです。『源氏物語』や『雨月物語』といった、これまで春樹の小説にあらわれることのなかった「日本古典文学」の名前も持ちだされてきます。作中で星野青年が観る映画は、ハリウッドの娯楽作品ではなく、フランス人のトリフォーが撮った「芸術映画」です。

私が二〇〇〇年にパリに行ったとき、書店の棚にならんでいる春樹作品は、小川洋子や村上龍の著作に数で負けていました。この時点の春樹は、アメリカではすでに人気作家でしたが、ヨーロッパではまだ「ブレイク途上」だったのです。

ヨーロッパ芸術よりアメリカ大衆文化が重い役割を演じ、日本の古典も出てこない春樹作品には、ヨーロッパの人びとにとってとりつきにくい面があったといえます。これらの点が、『海辺のカフカ』では払拭されたわけです。それが功を奏したせいか、二〇〇六年にパリを再訪した折には、春樹作品は書店で他の日本人作家を寄せつけないスペースを占めていました。

ここまで鮮やかな成果を目にすると、『海辺のカフカ』における春樹の変貌は、「ヨーロッパ制覇のための戦略」だったのではないかと邪推したくなります。しかし、少なくともそれがすべてでなかったことは、春樹らしからぬ特徴がこの小説にもうひとつあることがしめしています。

『海辺のカフカ』は、「おまえは私を殺し、母と交わるだろう」という「父の呪い」を避けるために、主人公が家出をする物語です。春樹ワールドに「父」はあらわれないはずなのに、ここでは主人公の父親が重要な役割を演じています。

「教養」と「父親」が、春樹のなかでむすびついていたことを考えあわせると、『海辺のカフカ』における「変貌」の意味が見えてきます。「大切だから、小説に書けなかったこと」に、春樹はふたたび挑んだのです。

『1Q84』に出てくる二人の父

ただし、小説の中で「父」を語ることは、「死んでしまったガールフレンド」を描くよりも難題だったようです。主人公カフカ少年の父親は、その人そのものとしてではなく、ジョニー・ウォーカーという別人格として登場します。そのジョニー・ウォーカーと対峙して彼を殺すのも、カフカ少年の分身であるナカタさんです。父と息子のあいだには、二重のヴェールがはりめぐらせられています。

このため、『海辺のカフカ』一作で、「『父』の問題は卒業」ということにはなりませんでした。つづく『1Q84』でも、主人公のひとりである天吾と、その父親との葛藤に筆が費やされます。天吾の父親は、実の父ではなく養父です。「父と息子の正面対決」は、またしても回避されたわけです。

天吾と小説『空気さなぎ』を合作する美少女・ふかえりの父は、元大学教授で、新興宗教の教祖という設定になっています。春樹の父は、国語教師をつとめるかたわら、僧侶もしていました。NHKの集金人をしていた天吾の養父より、ふかえりの父のほうが春樹自身の父親を彷彿とさせます。

『1Q84』には、ふかえりが『平家物語』を暗誦するという印象的なシーンがあります。春樹は中学生のころ、『平家物語』を父親に暗記させられたと語っています。作中人物が作者の分身であるというのは、一般的な真実ですが、その域を越えたつながりを、春樹とふかえりのあいだにみとめることができます。

ちなみに『1Q84』の冒頭では、青豆が乗ったタクシーのラジオから、ヤナーチェクの『シンフォニエッタ』が流れています。他にも、バッハの『マタイ受難曲』やドストエフスキーの『カラマーゾフの兄弟』、チェーホフの『サハリン島』など、「ヨーロッパの古典芸術」が多数あらわれます。「教養アイテム」が活躍すると「父」があらわれる、という「カフカの法則」は、この作品にも引きつがれています。

『海辺のカフカ』でも『1Q84』でも、春樹は「父」の問題を正面きって描くことはできませんでした。それだけ春樹にとって、父親の存在は重い、ということなのでしょう。オウム事件に彼があれほど衝撃を受けたのも、「父」とオウムが、仏教をつうじてつながったせいなのかもしれません。

《この章を理解するための年表》

一九五五年	五五年体制成立
	このころ村上春樹、父である千秋氏とさかんに映画を観る
一九六八年	村上春樹、早稲田大学入学
一九七九年	村上春樹、『風の歌を聴け』で群像新人文学賞受賞
一九八九年	村上春樹、自作長編初の外国語訳である英語版『羊をめぐる冒険』を刊行
一九九五年	オウム真理教事件
一九九七年	村上春樹、『アンダーグラウンド』刊行
一九九八年	村上春樹、『約束された場所で　underground2』刊行
二〇〇六年	村上春樹、フランツ・カフカ賞受賞

第一五章——なぜ多崎つくるは色彩を持たないのか？

肯定的に語られる〈父〉の存在

村上春樹が二〇一三年に発表した『色彩を持たない多崎つくると、彼の巡礼の年』は、大ベストセラーになりました。

第一四章で、春樹の小説のなかでは、〈父〉なるものが「ハイカルチャー」や「ヨーロッパのアイテム」とむすびついていることを指摘しました。いっぽうでは、〈父〉なるものへの反発が、「サブカルチャー」や「アメリカ由来のもの」への偏愛につながってもいるのでした。

近年の春樹は、以前にくらべ、「ハイカルチャー」や「ヨーロッパのアイテム」を前面に打ち出しています。かつては「春樹ワールドに〈父〉は不在」といわれるほどだったのに、〈父〉についても正面から語られるようになっています。『色彩を持たない……』でも、全編の鍵となる「芸術アイテム」は、フランツ・リストのピアノ曲集『巡礼の年』の一作『デュ・マル・デュ・ペイ』です。また、主人公が格別の好意を抱く灰田という人物は、クラシック音楽ファンということになっています。彼の嗜好については、

「灰田が好んで聴くのは主に器楽曲と室内楽と声楽曲だった。オーケストラが派手に鳴り響くような音楽は、彼の好むところではなかった」

と語られています。クラシック音楽のなかで、いちばん一般受けしやすいのはオーケストラ音楽です。それに背を向けている灰田は、相当な「上級者」ということになります。作品の末尾近く、主人公が高校時代の友人に逢うためフィンランドをおとずれます。友人が滞在していたのは、ハメーンリンナという街でした。その地が作曲家ヤン・シベリウスの生地であることを、作中人物たちはくりかえし口にします。

『色彩を持たない……』で目立つのは、「ハイカルチャー」と「ヨーロッパ志向」だけではありません。春樹の作品のなかではめずらしいほど、〈父〉に肯定的な役割が振られているのです。

主人公の「つくる」という名前は、父親が考え出したものです。この名前に、つくる当

人は満足していたと書かれています。駅をつくる技術を学ぶため、東京の大学に進学するとつくるが言い出したとき、父親は次のような態度をしめします。

「そう思うなら東京の大学に行くといい、それくらいの金なら喜んで出してやる、と父親は言った。何はともあれ技術を身につけ、形のあるものをこしらえるのは良いことだ。世の中の役に立つことだ。しっかり勉強して、おまえの好きなだけ駅を作ればいい。自分が選んだ『つくる』という名前が無駄にならなかったことを、父親は喜んでいるように見えた」

父から贈られた名前とともに、父が息子に託した思いを引き受けて、主人公は生きているのです。三六歳になったいまも、つくるは父の遺品の腕時計を身につけ、父から相続したマンションに住んでいます。

先に触れた灰田は、彼の父親が若き日に体験した不思議な出来事を、主人公に語ります。このときつくるが受けた印象は、こんなふうに書かれています。

「もちろんつくるの目の前にいるのは息子の方の灰田だ。しかし年齢がほぼ同じということもあって、つくるの意識の中で、父子の姿かたちは自然に重なり合った。二つの異なった時間性がひとつに混じり合うような、不思議な感覚があった」

父と息子のかさなりあいが、ここまでストレートに語られるのも、春樹の作品としてはめずらしいことです。

「色彩を持たない」とは「空《くう》」であること?

これも第十四章でのべたとおり、春樹当人の父親が僧侶であったことも影響して、〈父〉なるものと仏教的なものが、春樹のなかではつながっています。〈父〉なるものがあからさまに語られる『色彩を持たない……』では、必然のなりゆきとして、仏教的な要素が作品の根幹をなしています。

主人公である多崎つくるは、自分に「色彩=個性」がないことに悩んでいます。「色彩=個性」に欠けているため、他人にかけがえのない何かを与えることができない。他人に与えるものがない自分は、だれからも真剣にもとめられないのではないか——そんな疑いに、主人公はずっと苛まれつづけます。

フィンランドに住んでいる旧友・黒埜恵理のまえでも、主人公はみずからの悩みを語ります。これに対する恵理の答えは、次のようなものでした。

「『たとえ君が空っぽの容器だったとしても、それでいいじゃない』とエリは言った。『もしそうだとしても、君はとても素敵な、心を惹かれる容器だよ。自分自身が何であるかなんて、そんなこと本当には誰もわかりはしない。そう思わない? それなら君は、どこまでも美しいかたちの入れ物になればいいんだ。誰かが思わず中に何かを入れたくなるような、しっかり好感の持てる容器に』」

恵理やつくるとともに、かつて仲のよい五人組のメンバーだった青海悦夫は、つくるにこう語ります。

「説明しづらいんだが、でもおまえがそこにいるだけで、おれたちは自然におれたちでいられるようなところがあったんだ。おまえは多くをしゃべらなかったが、地面にきちんと両足をつけて生きていたし、それがグループに静かな安定感みたいなものを与えていた。船の碇のように」

仏教では、あらゆる事物は何かとの関連においてのみ存在し、その事物に固有の性質はないと考えます。「色彩＝個性」がないことに苦しむ多崎つくるは、固有の自己がないことを自覚しているわけですから、仏教的な意味での真理に近いところにいます。ただし彼は、そのことが「自分だけの欠陥」ではなく、「この世のことわり」であることに気づいていません。

あらゆるものが固有の「色彩＝個性」を持たないことを、仏教では「空《くう》」と呼びます。「空」とはたんに「空っぽ」という意味ではありません。事物は、他のものとのかかわりなしに特性をおびることはないにせよ、たしかにこの世に存在し、一定の働きをなすからです。

恵理や青海は、「色彩を持たない多崎つくる」が、「空っぽ」ではないことをしめそうとしています。「形のあるものをつくるのが昔から好きだった」主人公は、ものの「形＝ありありとわかる特徴」にとらわれているせいか、そのことになかなか気づきません。

つくるのまわりの「色彩＝個性」があるように見える人物は、「空」の意味を明確に認識しています。たとえば灰田は、つくるに向かってこのように語ります。

「頭の中でものごとを抽象的に考えるのは好きで、どれだけ考えていても飽きないんだけど、実際に手を動かしてかたちあるものを作ることができないんです。料理を作るのは好きですが、まあ料理というのは作る端からどんどんかたちをなくしていくものですから……」「……何はともあれ、できるだけものを深く考えていたいんです。ただ純粋に、自由に思考し続けたい。それだけです。しかし純粋に思考するというのは考えてみれば、真空を作っているようなものかもしれませんね」

灰田のいう「純粋に思考すること」は、物と物との因果関係を、表面的な姿にとらわれずに見極めることです。それは、「空」として世界をつかまえるいとなみにほかなりません。そのことを灰田は、「真空を作っているようなもの」と表現しています。フィンランドに移住した恵理のなりわいが、「陶器づくり」という「真空を作る仕事」であるのも暗示的です。

「壁」と「卵」をつなぐ「巡礼」

つくるの「自信のなさ」は、直接には、高校時代の五人組グループから、理由もあかされず追放されたことに由来します。そのとき彼は二〇歳で、五人組のなかではただひとり、地元である名古屋を離れていました。

過去に受けた傷と正面から向きあうよう、恋人の木元沙羅にうながされたつくるは、一六年ぶりに、他の四人のメンバーと会おうとします。六年前に変死した白根柚木をのぞく三人のもとへ、彼は「巡礼」してまわります。

黒埜恵理は、すでに触れたとおり、フィンランドに移住して陶芸家になっていました。青海悦夫と赤松慶は、名古屋にとどまりつづけています。青海はレクサスの営業マンとして優秀な成績をおさめ、赤松は自己啓発セミナーを立ちあげて、いまでは雑誌にしばしば顔を出す「セレブリティ」です。

青海と赤松は、「システム」に適合して成功をおさめた人間です。春樹の「壁と卵」演説のたとえをもちいるなら、「壁」の側につくことで、二人は順調に見える人生を歩んでいます。たとえば、レクサスの売れ行きをつくるに訊ねられた青海は、こう応じます。

「悪くない。ここは名古屋だからな。もともとトヨタの地元だ。放っておいてもトヨタ車は売れる。ただし、おれたちの今回の相手は日産やホンダじゃない。目標は今までメルセデスやBMWといった海外のプレミアム・カーに乗ってきた層を、レクサスのオーナーに変えることだ。そのためにトヨタはフラグシップ・ブランドを立ち上げたんだ。時間はかかるかもしれないけど、きっとうまくいく」

赤松は、名古屋で起業したメリットについて、つくるのまえで次のように語ります。

「ここは地縁がものをいう土地なんだ。（中略）この会社のクライアントには、大学でうちの父親に教わったという人間が少なからずいる。名古屋の産業界にはそういうがっちりしたネットワークみたいなものがあるんだ。名大の教授というのはここではちょっとしたブランドだからな。でもそんなもの、東京に出たらまず通用しない。洟もひっかけられやしない。そう思うだろう?」

名古屋はときに、「日本でいちばん大きな田舎」といわれることがあります。日本の共同体が持つメリットとデメリットが、名古屋の土地柄には凝縮されています。

そんな名古屋の「地元の大企業」につとめ、会社人間の論理を滔々と弁じる青海。「地縁」を利用して社員研修代行ビジネスを推し進める赤松。彼らは「ニッポンの壁」を象徴するような人物です。

ただし二人は、自分が「壁」の側にいることを自覚しており、そのことに疑念を抱いてもいます。

青海は、ひとしきりレクサスについて語ったあと、「なあ、おれの話し方って車のセールスマンみたいか?」とつくるに訊ねます。赤松はみずからの事業についてのシニカルな認識を、こんなふうに口にします。

「おれたちの目標は何もゾンビをこしらえることじゃない。会社の思惑どおりに動きつつ、それでいて『私は自分の頭でものを考えている』と思ってくれるワークフォースを育成することだ」

赤松はさらに「人間の八五パーセントは、上からの命令を受けて意のままに行動する」という持論を展開し、それからつくるに向かってこんな告白をします。

「おれに好意を抱いてくれる人間なんて、今ではどこにもいない。当然のことだ。おれ自身だって、自分のことはたいして好きになれないものな。でも昔はおれにも、何人かの素晴らしい友だちがいた。おまえもその一人だった。しかし人生のどこかの段階で、そういうものをおれは失ってしまった」

頭脳明晰で良心的な人びとさえ、組織の論理に対しては盲目的になりやすい——そのことを春樹は、『アンダーグラウンド』のなかで指摘しています。ときには暴力的に他者を排除する「壁」の側の人間も、たいていの場合、ひとりの個人としては、脆い「卵」とちがいはないのです。

初期の『羊をめぐる冒険』には、「弱さ」のために「羊」に憑りつかれ、闇の組織の総帥にされそうになる男——主人公の分身である「鼠」——が描かれています。そこにしめされていた

「『壁』の一部となってしまう人間もまた弱い」

という視点が、青海や赤松の登場するくだりから感じとれます。

「空」の論理からすれば、ある人物が「壁」の一部になるか「卵」になるかは、他者や環境とのかかわりかたによる、ということになります。その人に固有の資質が、「壁」と「卵」のどちらに属するかを決めているのではないわけです。そこに読者の目を向けさせる役割を、青海と赤松は演じています。

「『アカはね、けっこうまとまった金額を毎年あのカソリックの施設に寄付しているの。（中略）ねえ、つくる、あいつは決して悪い人間じゃない。それはわかってあげて。ただ悪いふりをしているだけなんだよ。どうしてかは知らないけど、たぶんそうしないわけに

はいかないんだ』

つくるは肯いた。

『アオにしたってそれは同じよ』とエリは言った。『あいつもまだ純粋な心を持ち続けている。それは私にもよくわかる。ただこの現実の世界を生き延びていくのが大変なだけなんだ。そして二人ともそこで、それぞれに人並み以上の成果を上げている』」

こんなふうにいって、恵理は赤松と青梅を許します。「壁」に組みこまれた人間も、そのことに痛みを感じているかぎり、一方的に裁いてはならない——「空」をつくり出す人である恵理は、それをつくるにつたえたかったのだと私は思います。

勝負は「次回作」?

そういえば、つくるの父親は、これまでの春樹作品ではいかがわしいイメージを与えられがちだった不動産業者です。この点からも、春樹のなかの「善」と「悪」の対立がゆらいでいることがうかがえます。この父親が、「僧侶をしている叔父」に育てられた、という設定も見逃せません。

もちろん、人間のありかたが、固有の性質によるのではないことを悟っても、状況が一変するわけではありません。自分や他人の「本当の姿」へのこだわりを捨てたうえで、できることのなかから最善の道をえらぶ――それ以上のことをするのは、どんな聖人にも不可能です。

全編の末尾に近いところで、つくるは自分の「なすべきこと」について、次のような感慨を抱きます。

「すべてが秒単位で順序よく、無駄なく、滞りなく進行する。それが多崎つくるの属している世界だった」

「たぶん世界中どこでも、鉄道駅の運営される手順は基本的に変わりない。正確で手際のよいプロフェッショナリズム。その様子は彼の心に、自然な共感を呼び起こした。自分は正しい場所にいるのだという確かな感覚がそこにはあった」

つくるは、鉄道会社という組織に属し、駅という「かたち」があり、「役に立つ」ものをつくっています。彼の場所は、「真空を作る」灰田や恵理と、何もつくらない組織人・赤松や青海の中間です。そのあいまいな場所で、やれることを実行するのが、彼にとって「最善の選択」なのです。

「色彩=個性がない」という「存在の真相」だけでなく、自分がなすべきことについての「正解」にも、多崎つくるは気づいています。彼に欠けているのは、自分が気づいていることを自覚し、それを肯定することだけです。

この小説に読者が弱さを感じるとすれば、主人公が最後まで、どこにもたどりつかない点でしょう。けれども『色彩を持たない……』の眼目は、

「肝心なのはどこかに行くことではなく、ここにいる自分を受け入れること」

というところにある——そんなふうに私は感じています。

「壁」と「卵」の対立の相対化、という、近作にはない路線を打ち出しながら、「小品」にこそふさわしい、主人公がどこにも行きつかない結末をこの小説は迎えます。『国境の南、太陽の西』以来、「講談社短め長編シリーズ」でやりつづけてきた実験を、春樹は文春に版元を替えたここでもおこなったわけです。規模の面でも、『ねじまき鳥クロニクル』や『海辺のカフカ』や『1Q84』より、講談社の諸作品に近いのはあきらかです。〈父〉なるものと仏教思想とのかかわりや、システムと個の問題についての新見解は、やがて「新潮社の大長編」のなかで明確に書かれると思われます。

それにしても。

謎めいたタイトルの予告に始まって、『色彩を持たない……』は、たいへんな騒ぎを引きおこしました。CDショップには『巡礼の年』のディスクがならび、経済効果は出版業界の外にまでおよんでいます。

こうした「ハルキノミクス」を、春樹当人がよろこんでばかりいるとは思えません。自分の作品が、「文化産業」という「システム」を肥え太らせているのではないか――そういう危惧を、どこかで感じているはずです。

みずからの事業を自嘲気味に語る赤松の声は、いくぶんか春樹その人の声なのかもしれません。赤松とおなじように、多額の「匿名の寄付」を、春樹もしているという噂もあります。

《この章を理解するための年表》

一九八二年	村上春樹、『羊をめぐる冒険』刊行
一九八八年	村上春樹、『ダンス・ダンス・ダンス』刊行
一九九四年	村上春樹、『ねじまき鳥クロニクル』第一部・第二部刊行
一九九五年	村上春樹、『ねじまき鳥クロニクル』第三部刊行
二〇〇二年	村上春樹、『海辺のカフカ』刊行
二〇〇九年	村上春樹、『1Q84』第一部・第二部刊行 村上春樹、エルサレム賞受賞・授賞式で「壁と卵」演説
二〇一〇年	村上春樹、『1Q84』第三部刊行
二〇一一年	村上春樹、カタルーニャ国際賞を受賞、賞金を東日本大震災の復興支援のために寄付

第一六章——

なぜ春樹の父親は高校教師になったのか？

教室のなかの村上千秋氏

先日、ある出版社で編集者をしている男性とお目にかかる機会がありました。話をしているうちに、その男性——Mさんとお呼びすることにします——が、村上春樹の父である村上千秋氏に、中学時代、国語を習っていたことがわかりました（村上千秋氏は、中高一貫の進学校として有名な、甲陽学院の先生でした）。

「正直、春樹がお父さんとうまくいっていなかったっていうのが、僕にはよくわからないんです」

首を傾けながらMさんはいいました。

「だって村上千秋先生、そんなに悪い人じゃなかったですよ」

「どんな授業をなさる先生だったんですか?」

「話のおもしろい人でした。こまかい内容は忘れちゃいましたけど、雑談をはじめると教科書に戻らないまま、授業時間が終わりになることもありました。でも国語って、マジメに授業をやったからって、力がつく科目じゃないですよね。だから村上千秋先生は、なかなか人気がありました」

「だれかの本で読んだ話ですけど、春樹のお父さんは、ひどく太っておられたとか。サイズのあうベルトがないから、いつもサスペンダーをしてたそうですが」

「サスペンダー、していらっしゃいましたねえ。赤ら顔で、お腹が出てて、メタボの典型みたいな人でした。でも僕にとってはいい先生だったなあ……。僕、落ちこぼれのほうだったんですけど、進学校の落ちこぼれって、居場所のない感じがして辛いんですよ。千秋先生は、『成績がすべて』みたいな考えかたを押しつけるタイプではなかったので、授業を受けてて、救われる感じがありました。もっとも、僕が教わってたのは退職なさるまぎわでしたので、お年を召してまるくなられていたのかもしれませんが」

村上千秋氏が書いたエッセイ

Mさんとお目にかかったあと、いくつか用事をすませて帰宅すると、Mさんからメイルが届いていました。

「もしかするとすでにご覧になったことがあるものかもしれませんが、村上千秋氏が書いたものを持っていたことを思い出したので、お送りします(掲載されていたのはたしか、甲陽学院の校内報です)」

添付されていたファイルを開くと、新聞の切り抜きのようなものの画像があらわれました。「命びろいの召集解除　村上千秋」という見出しの下に、坊主頭の男性の写真が載っています。

その文章によると、千秋氏は三度、召集を受けたようです。最前線での戦闘は体験しなかったものの、二度目の召集では、あやうく命を落とすところだったとのべられています。

「第二回の召集は、福知山歩兵第二十連隊であった。この部隊はヒリッピンに渡って苦戦し、連隊長以下軍旗を焼きほとんどが戦死した不運の部隊であった。オリンピックで入賞した大江少尉らも戦死した。ところが私は連隊がいざ出動するという直前に召集を解除された。その理由はいまだにわからない。(中略)いまにして思えばこれが私の生死のわかれ目であった。そのときの戦友に終戦後だれ一人として会ったことはない」

じつをいうと、旧制の京都大学を卒業した千秋氏が、名門とはいえ、ずっと高校で教えていたことに私は疑問を感じていました。旧制帝国大学の文学部を出た人は、官僚や官立大学の教授、有名出版社の編集者などになるのがふつうだったからです。

戦前、現在の高等学校に相当するのは中学校でした。帝国大学の出身者は、いっとき中学校で教えたとしても、多くの場合、旧制高校や帝国大学にステップアップしていきました(松山中学に赴任したあと、旧制高校や東京帝国大学で教えた夏目漱石のように)。まして、千秋氏が社会に出た敗戦直後は、多くの人材が戦争で失われたため、エリート青年は引く手あまたでした。

にもかかわらず、村上千秋氏が生涯、中等教育の現場を離れなかったのはなぜなのか。Mさんが送ってくださった文章を読んで、その理由がようやくわかった気がしました。千秋氏は、「本来なら戦死していたはずなのに、たまたま生きのこってしまった」という自覚を持っていた人です。大企業の社員や官僚として栄達することは、死んでいった仲間に申し訳なくて、できなかったのだと思います。とはいえ、せっかく長らえた命を、粗末にするわけにはいきません。自分が何かを達成することはあきらめ、日本の明日を担う青年を育てる――それが、千秋氏にとって、みずからを恥じないですむ唯一の生き方だったのではないでしょうか。

千秋氏はまた、こんなふうにも書いています。

「『今日また野菊の丘に軍馬焼く』は、鼻疽という伝染病が出たときの句であるが、前書をつけなかったため、ある俳誌で『あわただしい戦地で馬が死んだとて火葬するわけがない』と非難されたそうだ」

戦場の実態を知らないで、したり顔で兵士を語る人間へのいきどおりがつたわってきます。こうした連中が幅を効かせる世の中で、戦友への思いを棚上げにして名をなすことなど、千秋氏には想像もつかなかったのでしょう。

春樹が走る隠された理由

私の推測が正しいとすれば、村上千秋氏は、まちがいなくひとかどの人物です。けれども、こういう父親が家庭にいたら、息子はどう感じるでしょうか。

春樹が何かを成しとげることを禁じるような真似は、千秋氏もおそらくしなかったはずです。それでも、社会的成功を「もとめてはならないもの」と父親が見なしていることは、息子にはかならずつたわります。そんな父親に、抑圧されているような思いを息子が抱くことは、じゅうぶんありえます。しかも、「自分が幸せになること」を、よくないこととらえている父親には、たいそうな大義名分があるようなのです。

「どれほど立派なリクツがあるにせよ、『自分を大切にするのは悪いこと』という空気を、家で撒きちらさないで欲しい。道義のためには、生身の自分を殺せと強いられているようでたまらない」

そんなふうに、父親に対して春樹が反発したとしても、不思議はありません。

「壁と、それにぶつかって潰れる卵があったなら、かならず卵の味方をしたい」という、春樹の発言は有名です。春樹自身ものべているとおり、「壁」とは巨大な組織の比喩であり、「卵」は何ものにも守られていない個人を意味します。個人に対するそうしたこだわりは、自分当人の達成を封殺して生きた千秋氏との、葛藤から生まれたのではないか——私には、そんな気がしてなりません。

『羊をめぐる冒険』の執筆中、ジャズバーのマスターを辞めて作家専業になった。そうしたら、身体を動かさなくなったせいで太りはじめた——ジョギングを日課にするようになったきっかけを、春樹はそのように語っています。一見、自然な説明のようですが、肝心な部分に疑問がのこります。『羊をめぐる冒険』が書かれつつあった八〇年代前半、中年太りを気にする男性は、現在よりも多くありませんでした。

ベルドでスボンを締めつけられないほど太り放題だった千秋氏を見て、「あんな体型にはなりたくない」と、春樹は感じたのではないでしょうか。想像をたくましくするなら、千秋氏の「体型に対する無頓着さ」を、生身の自分を封殺した人間ならではの「欠陥」ととらえていたようにも思えます。

日々、運動をすることで、生身の自分と対話する――そうすることで春樹は、自分を封殺して生きた千秋氏に、静かに抵抗していたのかもしれません。

「大事なことほどことばにできない」という思想

Mさんの他にもうひとり、千秋氏の教え子だったという方から、お話をうかがったことがあります。その方によると、春樹の私生活上の好みには、母親の影響が強く反映されているのだそうです。ビーフカツレツにこだわりがあるのも、中華料理が嫌いなのも、お母さんとおなじだとか。春樹は、走るだけでなく水泳も好きですが、お母さんもプール通いをしておられたようです。

一般論からいっても、「ひとりっ子の男の子」は、母親とのむすびつきが強くなりがちです。きょうだいのなかった春樹が、お母さんの影響をさまざまに受けたのも、当然といえます。

ただし、当人にどこまで自覚があったかは別として、デビュー作の『風の歌を聴け』以来、ことばに対するつまづきを、春樹は千秋氏と共有しています。

冒頭の「文章を書くこと」への決意表明、幼少時の失語体験など、『風の歌を聴け』の語り手である「僕」は、ことばで物ごとをつたえるむずかしさを、何度も口にします。第一四章で触れたとおり、春樹は、「大事なことほどことばにできない」という感覚を抱えている作家です。そのことはこのデビュー作のなかに、すでにあらわれています。そして、「今日また野菊の丘に軍馬焼く」の句を「誤読」されてしまった千秋氏の胸にも、春樹とおなじ感覚が、おそらく宿っていたはずです。

春樹と千秋氏は、共有するものがありながらもすれちがっていた親子のようです。近年、春樹作品に登場する「父親」は、これまでとことなり、肯定的に描かれるようになっています。千秋氏とのあいだに通いあう部分があることを、春樹はようやく、受けとめつつあるのだと私は思います。

《この章を理解するための年表》
一九七三年　村上春樹、国分寺にジャズ喫茶『ピーターキャット』を開店
一九七七年　『ピーターキャット』が国分寺から千駄ヶ谷に移転
一九八一年　村上春樹、『ピーターキャット』を譲渡、以後、作家専業となる

第一七章――

村上春樹はドストエフスキーになれるか?

ケータイ小説はだれが読んでいるのか?

大学の授業で、ときどきケータイ小説を取りあげることがあります。

携帯電話の画面に映る範囲で、「次への期待」をかき立てることができなければ、この種の小説は読みつづけてもらえません。リアリティを少しぐらい犠牲にしても、どんどんドラマティックな出来事を起こしていかなくては、ケータイ小説はなりたたないのです。

このため、

「追いつめられたヒロインが、リストカットをしたあとパニック障害を起こし、それがおさまるとベランダからダイブ」

というような、極端な展開をたどる作品もめずらしくありません。

「パニック障害になったら、しばらくは動けないはずだから、すぐには身投げしないと思うけど?」

私が突っこむと、たいていの学生は、だって、ケータイ小説ってくだらないですもん、という感じの反応をします。

「現実味はないかもしれないけど、感動するじゃないですか!」

そんなことをいってくる学生も、いないわけではありません。ただし、ほかのことで私に反論してくるケースとくらべても、人数はわずかです。

そもそも、ケータイ小説の愛読者には、大学のなかではほぼお目にかかりません。ライトノベルに夢中な学生はたくさんいますし、コアな「純文学マニア」でさえ一部にはいるというのにです。大学生を観察するかぎり、ケータイ小説がだれに読まれているか、少しも見えてこないのです。

「そのわりには、ケータイ小説、ソコソコ売れて、映画になったりもしているけど?」

この疑問は、速水健朗の『ケータイ小説的。』を読んで氷解しました。

小説をはじめとする文芸書は、おもに大都市中心部の大型書店で買われます。ところがケータイ小説は、北関東の複合商業施設のなかの書店でもっとも売れているらしいのです。

その理由を速水は、「ケータイ小説を買っているのはヤンキーだから」と分析します。

「北関東の郊外」は、たしかにヤンキー密度がいちだんと濃い地域です。

速水は、ケータイ小説がヤンキーに読まれているもうひとつの論拠として、ヤンキー向け雑誌の読者投稿と、ケータイ小説の内容の類似をあげています。どちらも、レイプとかリンチとか不意の妊娠とか、心身の極限にかかわる出来事のオンパレードだというのです。

速水の意見が正しいとすれば、ケータイ小説に共鳴する大学生が少ないのはあたりまえということになります。

ヤンキーのあいだでは、若いうちに自立して自分の家庭をつくるのが「正義」です。二〇歳をすぎても親の援助を受けている「大学生」は、ヤンキーの規範からすれば、「何考えてんだ?」

ということになります。大学生をやっていることそのものが、ヤンキーの――ひいてはケータイ小説の――価値観に反しているのです。

『カラマーゾフの兄弟』は最上の「ケータイ小説」?

先日、ウラジーミル・ナボコフの『ロシア文学講義』を読んでいたら、ドストエフスキーをきびしく非難しているくだりに遭遇しました。

「ドストエフスキーの小説には、現実にはありえないような極限状態が連続し、登場人物はみな異常人格である。刺激に満ちてはいるものの、プロット展開にもキャラクター造形にも自然さを欠き、とうてい高級な文学とはいえない」

こんなふうに、ナボコフはドストエフスキーの小説を斬り捨てています。

ナボコフがドストエフスキーにさし向けていることばは、ケータイ小説が悪くいわれるときの文言とほぼおなじです。そして、ナボコフの指摘する特質が、『悪霊』にも『カラマーゾフの兄弟』にも備わっていることは、ドストエフスキーを敬愛する人でさえ否定できないはずです。私自身、ドストエフスキーを大作家だと信じていますが、「すごい場面」があまりにつづくのでへとへとになり、彼の小説を読みつづけられなくなったことが再三あります。

ドストエフスキーの代表作とケータイ小説では、テーマの深みからいっても、人間観察のするどさからいっても、比較になりません。けれども、ある側面から見た場合、文学的価値の点ではまったくことなる両者に、共通性があることもたしかなのです。

ドストエフスキーとケータイ小説の類似の意味をさぐるうえで、木村敏という精神医学者が、『時間と自己』のなかで展開している議論が参考になります。

「時間といかにかかわるか」という観点から、人間は三つのタイプにわけられると木村は指摘します。

○アンチ・フェストゥム↓「アンチ」はラテン語で「何かが起こるまえ」という意味。「フェストゥム」はやはりラテン語で「祭」のこと。「祭=決定的な出来事」がまもなく起こるのではないか、という予感におののいているタイプ。精神疾患でいうと、統合失調症（統合失調症の患者は、「もうすぐ世界が破滅する」とか「もうすぐ宇宙人が侵略してくる」といった類いの妄想を抱くことが多い）。

○イントラ・フェストゥム↓「イントラ」はラテン語で「何かのさなか」という意味。いつも「祭=決定的な出来事」のさなかにいなければ気がすまないタイプ。精神疾患でいうと、ギャンブル中毒、薬物中毒など。

○ポスト・フェストゥム↓「ポスト」はラテン語で「何かが起こったあと」という意味。「祭=決定的な出来事」を自分は取り逃がしてしまったのではないか、と落ちこんでいるタイプ。精神疾患でいうと、うつ病。

ギャンブル中毒であったドストエフスキーは、典型的な「イントラ・フェストゥム」人間でした。いつも刺激を受けて、興奮していないと気がすまなかったので、自分の作品も、決定的な出来事が次つぎ起こるようしむけたわけです。

ロシア貴族の家に生まれたナボコフは、共産革命のためにアメリカへ亡命し、英語で著述をおこなっていました（「ロリコン」の語源となった、小説『ロリータ』が彼の代表作です）。故国を追われたナボコフが、「決定的な出来事は終わってしまった」という、「ポスト・フェストゥム」的な意識にとらわれていたことは、想像に難くありません。

「世界は終わってるんだから、刺激的な事件がこんなふうにバンバン、起こるわけないじゃないか」

「イントラ」人間であるドストエフスキーの著作を読むたびに、にがにがしい思いをしていたことでしょう。

第一三章で触れた斎藤環の著作によると、ヤンキーのあいだでは、「盛《も》り＝その場のテンションをあげること」が、たいへんに重んじられるようです。反対に、「未来にもっと重要なことがあるという理屈をもち出して、〈いま・ここ〉を軽視する」「大切なものは失なわれたと考えて、〈いま・ここ〉といい加減にかかわる」

そういった態度を、彼らは退けます。ヤンキーというのは、「イントラ」体質の集団なのです。

冒頭にのべたとおり、ケータイ小説は、小さな画面に映る分量のなかで、あたらしい「大事件」が生じなければ、読み進めてもらえません。ジャンルとして、「イントラ」小説であることを強いられているのです。そうした特徴が、ヤンキーの「イントラ」体質とマッチして、「ヤンキーご用達」のコンテンツになったというわけなのでしょう。ケータイ小説とドストエフスキーの作品に共通性があるのは、「イントラ」文学という特性を、どちらも備えているからにほかなりません。

春樹文学の「ポスト・フェストゥム」体質

春樹は近年、『カラマーゾフの兄弟』のような作品を書くことが目標だとのべています。ほかのだれかに罵倒されたり、大騒動を起こされたりして、「やれやれ」とつぶやきながら「僕」が肩をすくめる——春樹の作品のなかで、幾度となくくり返されてきた光景です。このことに象徴されるように、「何か」が起こってしまったあと、その事態に対処するために主人公が悪戦苦闘する、というのが、春樹作品の基本パターンです。木村敏の分類にしたがうなら、ムラカミ・ワールドはあきらかに、「ポスト・フェストゥム」のムードに支配されています。『世界の終りとハードボイルド・ワンダーランド』とか『アフターダーク』とか、作品のタイトルにも、「ポスト・フェストゥム」的なものが目につきます。

現代日本の小説家でいえば、本書のなかでもしばしば春樹と比較してきた村上龍は、「イントラ」体質の作家です。ドラッグに酩酊したり、戦場で敵と対決したり――「非日常=決定的な出来事」のただなかに置かれた人物を、生き生きと描写することにかけて、龍はすばらしい手腕を持っています。

「能や歌舞伎は、現在の世界において必要とされていない。だからこそ保護の対象になる。ほんとうに必要とされているものは、保護なんかされなくても、若者があらそってもとめるはずだ」

そんな意味のことを、龍がエッセイに書いているのを読んで、驚いた記憶があります。世のなかには、学習しなければ理解できない美、というのもあるからです。極度の「イントラ」体質の龍にしてみれば、めんどうくさい手つづきを踏まないとわからないものは斬り捨てたい、ということなのでしょう。

ドストエフスキーは、革新的な政治運動に挫折したのち、ロシアの伝統文化の価値に目を向けるようになった人です。そういう点から見ると、たんなる「イントラ」作家といえない側面もあります。だとしても、彼の小説の魅力は大部分、「決定的な出来事」のなまなましい描写から生まれているのも事実です。

「ポスト」体質の春樹に、「ドストエフスキーのような小説」を書くこと望むのは、無理があると私は感じます。むしろ、龍が経験をつんで、認識の幅をひろげた場合のほうが、『カラマーゾフの兄弟』に近い作品が生まれる確率は高い気がします。

近代芸術の王道は「イントラ・フェストゥム」

これまでくりかえしのべてきたように、近代における「芸術」の使命は、「この世を超えたすごいもの」を、民衆に体験させることでした。ということは、「イントラ」体質の芸術家が、自分の「祭＝決定的な体験」をたくみに語ったとき、すぐれた「芸術」が生まれやすいわけです。

実際、ドストエフスキー以外でも、ゴッホやベートーヴェン、モーツァルトなど、ある分野を代表するようなクリエーターは「イントラ」体質です。日本文学にかぎっても、夏目漱石、与謝野晶子、萩原朔太郎、宮沢賢治、三島由紀夫といった有名どころの作品は、「イントラ」的特性を備えています。

春樹は「傑出した『イントラ小説』を書きたい」という意味で、「『悪霊』や『カラマーゾフの兄弟』を目指す」といっているわけではないようです。ドストエフスキーの作品は、「時代や世界の全体像を描いた小説＝総合小説」だからすごいのだと、春樹は語っています（『考える人』二〇一〇年夏号）。

「総合小説」を書くうえでは、「イントラ」体質でないことは、かならずしもマイナスには働きません。春樹自身、『ねじまき鳥クロニクル』の「皮剥ぎ場面」などで、非「イントラ」作家ならではの達成をとげてもいます。

ただし、『ねじまき鳥クロニクル』で描き出したような「人間ばなれした悪」を、春樹がふたたび書けそうにないことも、第一二章で説明したとおりです。春樹がこれから『カラマーゾフの兄弟』級の普遍性と寿命をもった「総合小説」を残しうるのか――この問題については、次の最終章で、じっくり検討してみたいと思います。

《この章を理解するための年表》

一八七一年——ドストエフスキー、『悪霊』刊行

一八八〇年——ドストエフスキー、『カラマーゾフの兄弟』刊行

一九一七年——ロシア革命

一九五五年——ナボコフ、『ロリータ』刊行

二〇〇六年——美嘉、ケータイ小説の『恋空』を書籍化

第一八章——

なぜ春樹はノーベル賞を取ってはいけないのか?

再説・爆発は芸術か?

昨年、東京都現代美術館で「特撮博物館」という展示がありました。怪獣映画を中心に、戦前からこんにちまでの特撮の歴史をふりかえった企画です。

その会場で、『巨神兵、東京に現わる』という短編映画が上映されていました。監督は、平成ガメラシリーズや、リメイク版『日本沈没』で知られる樋口真嗣です。

「失われつつある特撮技術を後世につたえるためにこれをつくる。だから、コンピューター・グラフィックはいっさいつかわない」

樋口監督は、そう宣言して撮影にとりかかったといいます。

私もこの映画を観て、つくり手の意気ごみを痛いほど感じました。同時に、宮崎駿の

『ナウシカ』に登場する巨神兵が、東京を火の海に変えていく地獄絵図をまえに、何かがちがう、という思いにもとらわれました。

大工場が炎に飲みこまれ、原子力発電所で爆発が起こるのを、私たちは東日本大震災の折に目にしました。それらと酷似した光景を、震災からどれほどもたたないうちに、樋口監督はなまなましく映像化したのです。いったいそのことに、どのような意味があるのか。『巨神兵、東京に現わる』は、私にそれをわからせてくれませんでした。

第一〇章でのべたように、「爆発」の映像は、多くの場合、観る者に「この世を超えたすごいもの」に触れた実感を与えます。けれども、ビルが砕け、火柱が無数にたちのぼる『巨神兵、東京に現わる』をながめながら、私は陰惨な気持ちになっていくだけでした。

春樹小説は「坐禅型芸術コンテンツ」

人間が「この世を超えたすごいもの」をもとめるのは、日常の秩序の縛りから一時的にせよのがれたいとねがうからです。

現実生活が火の海におびやかされた記憶が古びないうちに、爆発の映像を見せられても、日常のなかで体験した不幸の再現にしかなりません。「爆発」が「脱日常のためのツール」

として意味を持つのは、「終わりなき日常」がつづく平和な状況にかぎられます。ということは、「すごいもの」に触れるのとは別の、「脱日常」をとげる方法も必要であることになります。

「芸術」が「脱日常」の手段となる以前、その役割をはたしていたのは「宗教」でした。「寺院のなかでの大規模な法要」「瞑想のさなかの見神体験」といった、「すごいもの」と一体化する機会を、「宗教」はふんだんに提供します。いっぽうで、冷静な視線を確保することで、日常生活における混乱からの脱出を目指す、坐禅のようなメソッドも「宗教」には確保されています。

禅僧の南直哉は、世界陸上のハードルで銅メダルを獲得した為末大との対談で、坐禅について次のようにのべています。

「例えば、同じ瞑想でも、ヨーガの場合は、エネルギーを下から上に上昇させる、ヒートアップさせるもののように思いますが、座禅というのは意識をクールダウンさせるものなんです。もちろん坐禅でも、『禅病』といって、ある種の境地になって、その感じが快感になって執着してしまうような人がいるのは事実です。その境地に深く入り込んで出られなくなってしまうのは、だめな状態だと思いますね」

「先ほど『自我の解体』というようなことを言いましたが、坐禅というのはね、日常の意識と全然別の視点を確保できるものなんですよ。（中略）普段の日常の生活を生きていたり、レースをしていたりする状況とは違う感覚なんです。『どうしてこんなことが起こるのか』という状況になったとき、その『体験』から普段の日常の自分を考え直す。そうすることで違うものが見えてくるんです。それが重要だと思うんです。『別の視点を持つ』ということが。坐禅であれゾーンであれ、その特殊な境地と、日常を往来できるということこそが大事だと思っています」（『禅とハードル』）

南のことばは、「あちら側」と「こちら側」を往復するという、春樹の小説のありかたを連想させます。たとえば春樹は、「人間の意識の底にある地下二階」について、こんなことを語っています。

「それは非常に特殊な扉があってわかりにくいので普通はなかなか入れないし、入らないで終わってしまう人もいる。ただ何かの拍子にフッと中に入ってしまうと、そこには暗がりがあるんです。（中略）その中に入っていって、暗闇の中をめぐって、普通の家の中では見られないものを人は体験するんです。それは自分の過去と結びついていたりする、それは自分の魂の中に入っていくことだから。でも、そこからまた帰ってくるわけですね。あっちに行っちゃったままだと現実に復帰できないです」（『夢を見るために毎朝僕は目覚めるのです　村上春樹インタビュー集　１９９７—２０１１』）

春樹の考える「物語の機能」は、読者に「地下二階の光景」を見せることにあります。その結果、日常生活のなかで強いられた「自分の役割」から、読者は解放されるのです。

「今、世界の人がどうしてこんなに苦しむかというと、自己表現しなくてはいけないという強迫観念があるからですよ。だからみんな苦しむんです。(中略)だって自分がここにいる存在意味なんて、ほとんどどこにもないわけだから。タマネギの皮むきと同じことです。一貫した自己なんてどこにもないんです。でも、物語という文脈を取れば、自己表現しなくていいんですよ。物語がかわって表現するから。僕が小説を書く意味は、それなんです」(前掲インタビュー集)

第一〇章で考察したように、近代の「芸術」はもっぱら、「この世を超えたすごいもの」を民衆に見せようとしてきました。こうした「芸術」に触れた場合、人間はしばしばヒートアップして、

「こんなにすごいものの降臨に立ちあっている自分はすごい」

と思いこみがちです。「自己表現」に対する「強迫観念」にとらわれている人びとは、「この世を超えたすごいもの」に接することで、自己への執着をかえって強めてしまう場合もあるわけです。

そうした人びとを癒すために、「ヒートアップ」ではなく「クールダウン」によって、

受け手を日常の呪縛から解放する「芸術」も欠かせないことになります。春樹がつくろうとしているのは、宗教における坐禅に相当するような、その種の「クールダウン」型芸術コンテンツなのです。本書で批判してきた「春樹作品に出てくる『僕』を、『大人になれない自分』の言いわけとして利用する人びと」は、「禅病」に陥っているということになるでしょうか。

二一世紀の社会システムと仏教

近代がおとずれるまで、不特定多数の人間に情報を流通させることは、どれほど高い地位にいたとしても困難でした。聖書も源氏物語も、知りあいから原本を借り、手書きで写すしかありませんでした。

印刷や録音といった、複製技術の発達とともに、こうした状況は変わります。出版社やレコード会社にみとめられた少数のつくり手が、独占的にコンテンツをひろめる時代がやってきました。

そのような、えらばれた人間だけが情報を拡散できる環境で、「自分がここにいる存在意味なんて、ほとんどどこにもない」

と活字で語っても、説得力はありません。出版メディアに登場できるということじたい、じゅうぶん「存在意味」があることになってしまうからです。

「こうしてメディアに登場できて、存在意義を十分実感している人間が何を言う!」

と、読者に反発されるのが関の山でしょう。

近代の「芸術」は、すでにのべたとおり「ヒートアップ」効果をもたらすものが主流でした。この類いの作品は、「祭=決定的な出来事」のさなかの興奮を追いもとめる「イントラ・フェストゥム」型アーティストの得意とするところです。「芸術」は、特権的な情報発信者が「すごいもの」をもとめてつくる――それが、近代社会における常識でした。

現在では、インターネットをつうじて、だれもが不特定多数に情報を発信できます。オリジナルの作品を視聴者が加工してニコニコ動画にアップする、というようなケースも増えています。「えらばれた個人」の手になるものだけが、「価値ある創作物」と見なされる状況ではもはやありません。

特定のポイントからのみ情報が分配される社会から、情報の発信源がいたるところにある社会へ――こうした変化の結果、「創作すること」と「ヒートアップすること/させること」のむすびつきは必然と見なされなくなっています。春樹の小説のような「坐禅型」の作品が受け入れられる余地が格段にひろまっているわけです。

父が僧侶であるせいか、最近の春樹作品に、仏教の影が目につくようになっていることは、本書のなかでたびたび指摘しました。

先に引用した「自己表現にとらわれるな」「自分がここにいる存在意味なんてない」という言葉も、仏教そのものです（禅僧である南は、まったくおなじことを、「自我の解体」という言いかたで表現しています）。

第八章の末尾で触れた、『1Q84』の「フェイスブックのようにすべての存在がつながっている感覚」は、仏教の「縁起」を連想させます。あらゆるものごとは、ほかの何かとの関連のなかで初めて「ある」といえるので、ひとつの物事を単独で論じても意味がない——これが「縁起」の考えかたですが、善悪すら相対的にとらえる、『1Q84』の世界観とよく合致しています。

絶対的に正しい神をたてまつる一神教は、特権的な才能が生む「イントラ」芸術に近いやりかたで信者を「日常」から解放することにたけています。これに対し、すべてを相関的にとらえる仏教は、坐禅のような「クールダウン」型の方法をもちいるのにたくみです。

春樹のメディア感覚が奇妙なほどあたらしいのは、彼の発想が仏教的なものにつらぬかれていることと、おそらく無縁ではありません。近年ますます「仏教化」している、ということは、春樹が時流にとりのこされる心配はしばらくなさそうです。

ノーベル賞は目指さなくても……

現在の世界は、百年か二百年に一度の変革期です。先進国の経済が、大規模な製造業を中心にまわる時代が終わり、あたらしい基幹産業が何なのかはまだ見えていません。

こうした状況において、

「これからの社会はこうなる」

「これからの文学はこうあるべき」

といった主張をのべても、わずか数年で意味をなさなくなる危険があります。

世のなかが大きく動いているときには、困難な予測に挑むより、どのような状況になっても対応できる態勢を整えるほうが賢明といえます。明確な思想を打ち出した小説より、春樹作品のような「体験型アミューズメント」文学のほうが、古びない可能性が高いのです。

文学作品にはっきりした方針をもとめること自体、芸術家が仰ぎ見られる存在であった近代ならではの発想といえます。今後、「クールダウン」型の芸術コンテンツがもっとひろまっていくならば、著者の見解が明示されていないからといって、文学作品が非難されることはなくなるでしょう。

第一一章に書いたとおり、思想的メッセージを小説のなかでもっとはっきり語ったほうが、春樹がノーベル賞を取る確率はあがるはずです。しかし、ノーベル賞よりも、ほんとうに大切なのは作品の耐用年数ではないか——私にはそんな気もしています。

ドストエフスキーが現在でも世界中で読みつづけられているのは、キリスト教と深いところでつながっているからです。

どれほど傑出した芸術家であっても、個人の創造力には限りがあります。思想や宗教の伝統をまったく踏まえていない「芸術」は、発表当初は人目を引いたとしても、一瞬、衝撃を与えただけに終わる例がほとんどです。時間的・空間的にひろがりのある何かとむすびつくことで、初めてクリエーターは、個人の枠組みを越えることができます。

仏教という、国境を越えてひろがる伝統的宗教によって、春樹の作品はささえられています。そのことを生かして、人間社会の全体を体験させてくれるような「総合小説」を生むことは不可能でない——私はそう考えます。

「巨悪」の登場する『ねじまき鳥クロニクル』は、たしかに魅力的な作品でした。すでにのべたとおり、今後の春樹に、あのような小説を書くことはむずかしいかもしれません。

そのかわり、善悪の相対化が行きつくところまで進んだ、より仏教的な傑作が生まれる可能性はのこされています。

ただし、仏教とのつながりを現在よりあからさまに語ることは、思想を明確に打ち出すことになり、春樹文学の「らしさ」をそこなうことになりかねません。

春樹にはこれまでどおり、はっきりそうと言わないまま仏教的作品を書いてもらい、読者のあたまのなかでそれを、仏教の伝統につなげていく――もしかするとそのほうが、建設的なのかもしれません。だとすれば、春樹が「真の総合小説＝『カラマーゾフの兄弟』のような作品」にたどりつけるかどうかは、読者一人ひとりの肩にもかかっていることになります。

《この章を理解するための年表》

一九七三年	オイルショック
一九九五年	平成『ガメラ』第一作公開 ウィンドウズ95発表
二〇〇八年	リーマンショック
二〇一一年	東日本大震災
二〇一二年	東京都現代美術館で『巨神兵、東京に現わる』公開

主要参考文献（村上春樹の著作はのぞく）

千石英世『アイロンをかける青年　村上春樹とアメリカ』（彩流社　一九九一年）
イアン・ブルマ『イアン・ブルマの日本探訪　村上春樹からヒロシマまで』（石井信平訳　阪急コミュニケーションズ　一九九八年）
風間賢二『オルタナティヴ・フィクション　カウンター・カルチャー以降の英米小説』（水声社　一九九九年）
T・K・ホプキンズ&I・ウォーラーステイン編『転移する時代　世界システムの軌道1945―2025』（丸山勝訳　藤原書店　一九九九年）
浦澄彬『村上春樹を歩く　作品の舞台と暴力の影』（彩流社　二〇〇〇年）
巽孝之『アメリカ文学史のキーワード』（講談社現代新書　二〇〇〇年）
スラヴォイ・ジジェク『イデオロギーの崇高な対象』（鈴木晶訳　河出書房新社　二〇〇一年）
斎藤美奈子『文壇アイドル論』（岩波書店　二〇〇二年）
ナタリー・エニック『ゴッホはなぜゴッホになったか』（三浦篤訳　藤原書店　二〇〇五年）
堀井憲一郎『若者殺しの時代』（講談社新書　二〇〇六年）
内田樹『村上春樹にご用心』（アルテスパブリッシング　二〇〇七年）
大塚英志『サブカルチャー文学論』（朝日文庫　二〇〇七年）
水野和夫『人々はなぜグローバル経済の本質を見誤るのか』（日経ビジネス人文庫　二〇〇七年）

主要参考文献

明里千章『村上春樹の映画記号学』（若草書房　二〇〇八年）
速水健朗『ケータイ小説的。〝再ヤンキー化〟時代の少女たち』（原書房　二〇〇八年）
大塚英志『物語論で読む村上春樹と宮崎駿――構造しかない日本』（角川ｏｎｅテーマ21新書　二〇〇九年）
市川真人『芥川賞はなぜ村上春樹に与えられなかったか』（幻冬舎新書　二〇一〇年）
内田樹『もういちど村上春樹にご用心』（アルテスパブリッシング　二〇一〇年）
楠木建『ストーリーとしての競争戦略』（東洋経済新報社　二〇一〇年）
ミシェル・ドゥギー編著『崇高とは何か』（梅木達郎訳　法政大学出版局　二〇一一年）
馬場重行・佐野正俊編『〈教室〉の中の村上春樹』（ひつじ書房　二〇一一年）
広木隆『ストラテジストにさよならを』（ゲーテビジネス新書　二〇一一年）
水野和夫『終わりなき危機　君はグローバリゼーションの真実を見たか』（日本経済新聞出版社　二〇一一年）
川田宇一郎『女の子を殺さないために　解読「濃縮還元100パーセントの恋愛小説」』（講談社　二〇一二年）
宇佐美毅・千田洋行編『村上春樹と一九九〇年代』（おうふう　二〇一二年）
小谷野敦『文学賞の光と影』（青土社　二〇一二年）
斎藤環『世界が土曜の夜の夢なら　ヤンキーと精神分析』（角川書店　二〇一二年）
川口則弘『芥川賞物語』（バジリコ　二〇一三年）
ウラジーミル・ナボコフ『ロシア文学講義』上・下（小笠原豊樹訳　河出文庫　二〇一三年）
南直哉・為末大『禅とハードル』（サンガ　二〇一三年）

著者略歴

助川幸逸郎

すけがわ・こういちろう

1967年生まれ。早稲田大学教育学部国語国文学科卒業、早稲田大学大学院文学研究科博士課程修了。横浜市立大学ほかで講師をつとめる。授業や講演では、専門の日本文学だけでなく、映画史やファッション史、アイドル論など、幅広いテーマを扱っている。著書に『文学理論の冒険』(東海大学出版会)、『可能性としてのリテラシー教育』『21世紀における語ることの倫理』(ともに共編著、ひつじ書房)、『グローバリゼーション再審』(共編著、時潮社)、『光源氏になってはいけない』(プレジデント社)などがある。

ツイッターアカウント:@Teika27

謎の村上春樹

発行 2013年10月2日 第1刷発行

著者	助川幸逸郎
発行者	長坂嘉昭
発行所	株式会社プレジデント社
	〒102-8641 東京都千代田区平河町2-16-1
	電話:編集(03)3237-3732
	販売(03)3237-3731
編集	中嶋 愛
装丁	Planet Plan Design Works
装画	大神慶子
制作	関 結香
印刷・製本	萩原印刷株式会社

● ISBN978-4-8334-2060-0 Printed in Japan